L'Immeuble
de la rue Cavendish
1

LES MANIGANCES DE MARGAUX

Caroline Kant

L'Immeuble
de la rue Cavendish
1

LES MANIGANCES DE MARGAUX

LES ESCALES
Séries

Les personnages et les situations de ce récit sont purement fictifs. Toute ressemblance avec des personnes ou des situations existantes ou ayant existé serait entièrement fortuite et indépendante de la volonté de l'auteur.

92, avenue de France
75013 Paris – France
Courriel : contact@lesescales.fr

ISBN : 978-2-36569-691-3
Dépôt légal : avril 2022
Imprimé en France

Couverture : Raphaëlle Faguer
Mise en pages : Nord Compo

À ma nièce Georgia, ma bonne fée !

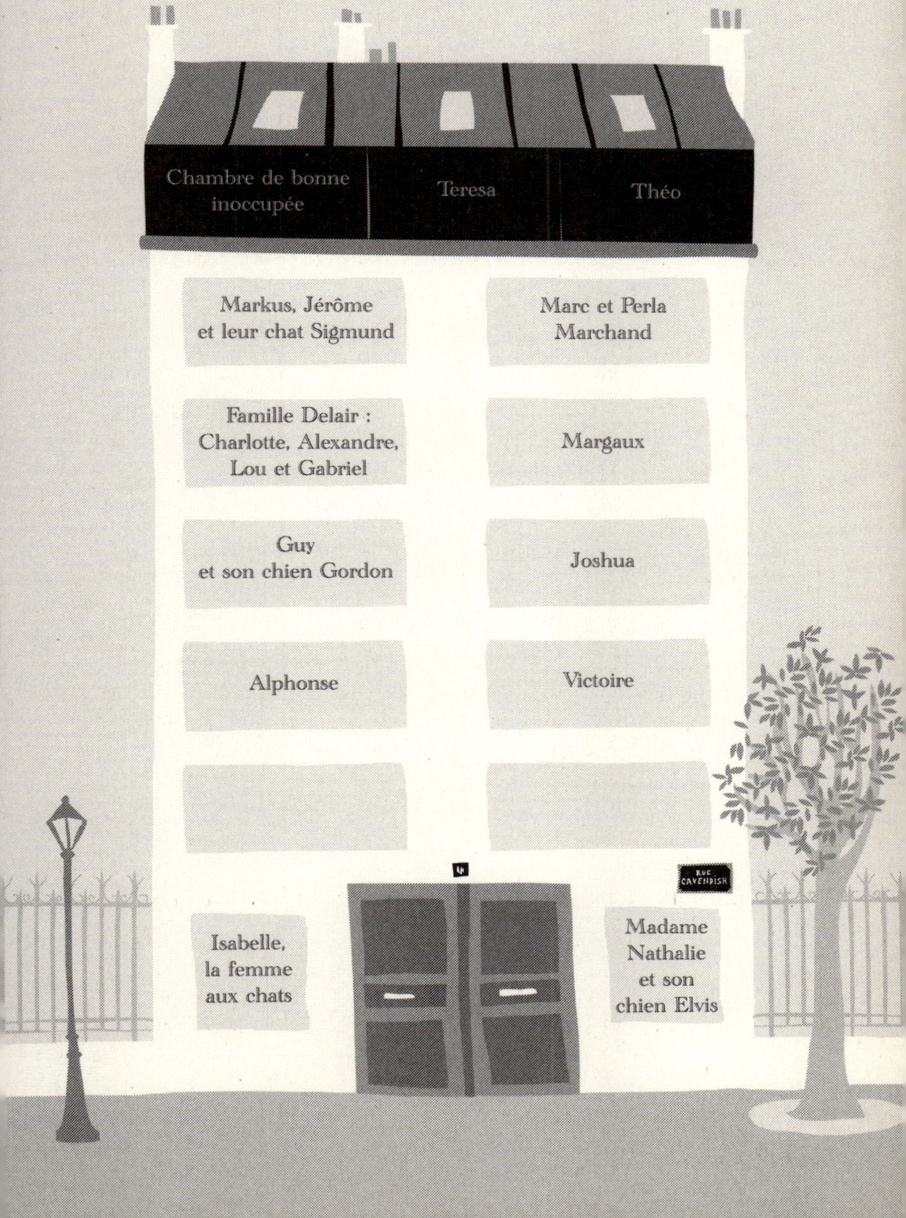
Chambre de bonne inoccupée
Teresa
Théo
Markus, Jérôme et leur chat Sigmund
Marc et Perla Marchand
Famille Delair : Charlotte, Alexandre, Lou et Gabriel
Margaux
Guy et son chien Gordon
Joshua
Alphonse
Victoire
RUE CAVENDISH
Isabelle, la femme aux chats
Madame Nathalie et son chien Elvis

Juin

1

La femme qui glisse sa tête par la porte entrebâillée de la loge retient par le collier un petit chien prêt à me sauter à la gorge. Pendant qu'il se débat en aboyant comme un fou, elle me scrute de haut en bas.

— C'est pour quoi ?

— Madame Ménard ? Enchantée, je suis Margaux Klein, la nouvelle locataire du quatrième. J'emménage dimanche.

— Interdiction d'utiliser l'ascenseur.

L'ascenseur de l'immeuble, minuscule et poussiéreux, est si étroit que je serais bien incapable d'y faire entrer le moindre meuble.

— Oh ! Elvis, tu vas te calmer ? s'énerve la gardienne en secouant la laisse de son roquet. Alors vous êtes la locataire de M. Fisher ?

— Oui, je suis sa nièce.

Son visage se renfrogne un peu plus. Aurélien ne fait visiblement pas partie de ses propriétaires favoris. Elle ouvre grand sa porte et c'est à mon tour de la détailler. Cheveux blonds décolorés coiffés en un chignon bouffant, clips ronds et dorés aux oreilles, foulard – imitation ? – Hermès, la gardienne porte un chemisier blanc immaculé au col relevé, une jupe droite bleu marine, des collants noirs épais et des mocassins. On est dans le 19e arrondissement de Paris, ici, pas dans le 16e.

La rue Cavendish se trouve certes dans la partie chic du quartier, à côté de la mairie, et débouche sur le parc des Buttes-Chaumont ; mais ici, les habitants ont plutôt le look bobo que grand-bourgeois. Ces dernières années, artistes, journalistes, cadres, enseignants, intermittents ont repeuplé le quartier, se mêlant peu à peu aux habitants traditionnels : personnes âgées modestes, familles nombreuses juives, immigrés du monde entier. L'immeuble est tout près du parc. Il est en pierre de taille, mais comme tous ceux de l'arrondissement, il a été construit sur des carrières. Il a tendance à bouger, à se fissurer, à s'affaisser…

Mon oncle Aurélien m'a proposé de loger dans un appartement qui lui appartient. Il est veuf et n'a pas d'enfants. Il est comme un père pour moi, et aussi pour mon frère Romain. C'est lui qui s'est occupé de nous quand nos parents sont partis vivre aux États-Unis, surtout de moi qui n'avais que seize ans. Aujourd'hui, j'en ai vingt-huit, et il vient encore une fois de voler à mon secours. Il s'est contenté de poser ses conditions : j'entretiens les lieux, je paie les charges et je retrouve ma joie de vivre. Mon oncle est comme ça : il est très généreux et il aime lancer des défis. Peut-être à cause de sa propre histoire.

Aurélien adorait sa femme Héloïse. Quand elle est morte, il s'est effondré. Alors il a tout quitté pour disparaître de notre vie pendant une dizaine d'années. Lui qui était médecin, il est parti en mission dans des pays déchirés par la guerre et la famine. Une façon assez radicale de faire son deuil ; aller secourir ceux qui souffraient bien plus profondément que lui.

Moi, je sors d'une passe difficile. J'ai rompu avec mon petit ami après six ans de vie commune, et j'ai du mal à m'en remettre. C'était il y a trois mois. Mon oncle a eu la gentillesse de ne pas me trouver ridicule avec mon chagrin d'amour et il m'a tendu la main.

Mme Ménard me parle en agitant les bras, mais je n'ai rien écouté. Je rattrape son monologue en cours de route.

— Entre la fofolle du deuxième qui fait de la musique et le vioque complètement sifflé en face, croyez-moi, vous n'allez pas rigoler tous les jours. Au troisième, au-dessous de chez vous, il y a les Juifs, fait-elle en baissant d'un ton, comme si c'était un sujet délicat. Et au cinquième, sur le palier en face du vôtre, ce sont deux messieurs très gentils mais… Ils sont gays, comme on dit.

Fière de son petit speech, elle m'offre un large sourire, une courte pause avant de reprendre le fil de son discours sans fin :

— Ah, au fait, il faut que je vous dise : vous n'êtes pas la seule à emménager. Il y a un couple qui arrive samedi. Ils seront juste au-dessus de chez vous.

Je n'en peux plus, il faut que je sorte d'ici.

— Bon, eh bien, à dimanche, madame Ménard !

— Oh, appelez-moi madame Nathalie. Et c'est quoi votre nom déjà ? Il faut que je vous explique, pour la boîte aux lettres.

— Margaux, Margaux Klein. Désolée, je suis déjà en retard, vous me le direz dimanche, d'accord ?

Quand j'étais étudiante, j'avais une passion maladive pour les films d'horreur. J'en regardais plein à la suite pendant des nuits entières, et ça inquiétait beaucoup mon oncle. Cette obsession s'était un peu calmée à la fin de mes études, quand j'ai commencé à travailler et que je me suis installée avec Eliott. J'ai plus ou moins cessé d'en voir, jusqu'à notre rupture. Depuis, c'est un peu comme si j'avais régressé et repris ma vie d'avant, pile là où je l'avais interrompue. J'ai téléchargé mes films préférés, toutes les nouveautés que j'ai pu trouver, et je me les passe en boucle. J'éprouve une vraie jouissance à contempler des types se faire massacrer, surtout s'ils sont bruns et mal rasés.

Eliott, brun ténébreux, son teint pâle et son beau regard profond… Je m'en veux d'avoir été si naïve : quand on vit avec quelqu'un qui sort tous les soirs, et toujours sans nous, il faut peut-être se poser des questions. N'importe qui l'aurait fait. Pas moi. Je croyais encore qu'il était le grand, l'unique amour de ma vie. Quelle connerie ! J'ai quand même de bonnes excuses : j'ai eu comme exemples mes parents, toujours amoureux après trente-cinq ans de mariage, et mon oncle qui ne s'est jamais remis de la perte de sa femme.

C'est un texto qui m'a enfin ouvert les yeux. Un matin, Eliott avait laissé traîner son portable dans notre chambre. J'étais encore couchée. Quand le petit tintement a retenti, j'ai regardé machinalement. Je n'ai vu que le début du message, mais ça m'a suffi. Après une méga engueulade, je lui ai demandé de dégager le lendemain.

Je ne m'attendais pas à ce qu'il descende s'installer directement chez Marine, notre voisine du premier.

Eliott me laissait de vieux meubles, les factures qui toutes étaient à mon nom – l'inconvénient de vivre avec un étudiant attardé – et un loyer trop élevé, dès lors que ses parents ont arrêté d'en payer la moitié. Je suppose qu'ils ont vite adressé leur nouveau virement à Marine aussitôt qu'Eliott a emménagé chez elle.

Par la suite, chaque fois que je croisais cette sale garce dans l'immeuble, je me retenais de la coller au mur. Enfin, surtout dans mes fantasmes : elle est plus grande que moi et elle est hyper sportive. Et mince. Avec des cheveux lisses qui retombent impeccablement sur ses épaules et qu'elle replace derrière ses oreilles d'un geste très agaçant quand elle vous parle.

Et un maquillage très élaboré. Et des fringues toujours assorties qui ont l'air neuves. Comment j'aurais pu lutter, avec mon mètre soixante, mes cheveux incoiffables et, surtout, mes kilos en trop ?

Après tant d'humiliation, il était évident que je devais quitter l'immeuble. C'est là qu'Aurélien m'a sauvée. Il a insisté pour que je prenne son appartement. Ce qui me rapprochait de mon travail et me permettait de vivre dans un beau trois-pièces. En plus, je retournais dans le quartier de mon enfance, celui où mon oncle habite toujours.

Je suis heureuse d'être revenue dans le 19e. C'est une telle chance, à Paris, de vivre près des Buttes-Chaumont. Ce parc me paraissait sans limite quand j'étais enfant. C'est là que j'ai fait mes premiers pas, que j'ai mangé mes premières glaces et fait des heures de balançoire, de manège et de pêche aux canards avec mon frère. Mais ce n'est pas pour autant un endroit idyllique, car comme ailleurs il existe des tensions entre les communautés. Petite, je ne me rendais compte de rien. J'aimais mon quartier, qui était tout mon univers.

Dimanche à 8 heures, Nicolas et Juliette arrivent pour m'aider. C'est avec eux que je partage un cabinet de santé. Je suis chiropractrice, lui est ostéopathe, elle, naturopathe, et on s'en sort plutôt bien. Devant chez moi nous attend la camionnette de location. Je n'ai pas grand-chose, j'ai abandonné la plupart des meubles en bas de ma petite rue du 13e arrondissement. Je garde le lit, un peu de vaisselle et une garde-robe qui, après un tri salutaire, s'est réduite à presque rien. Aurélien, qui a vécu autrefois dans l'appartement de la rue Cavendish avec sa femme, y a pratiquement tout laissé. Lui aussi avait besoin de tourner la page. La déco est assez ancienne, mais ça m'ira très bien. Je m'en fiche, en réalité, je veux juste changer de lieu, oublier et panser mes blessures. Je n'ai que vingt-huit ans, mais j'ai l'impression pénible d'être très vieille et que ma vie amoureuse s'est irrémédiablement achevée avec ce minable d'Eliott.

Mme Ménard a dû passer des heures sur le pas de la porte à attendre l'arrivée de la camionnette. Dès qu'on s'approche de l'immeuble avec les premiers cartons, elle jaillit de derrière le battant, l'air tendu. Aujourd'hui, on dirait qu'elle sort d'un cours de zumba. Elle porte un jogging rose, des baskets blanches étincelantes, mais toujours le foulard, les clips et le chignon. Elvis ne m'aime décidément pas : ce matin, il grogne comme un pitbull.

— Mademoiselle Klein, pas l'ascenseur, vous vous souvenez ?

— Bonjour madame Ménard… euh, madame Nathalie, oui, ne vous inquiétez pas.

— Madame Nathalie ? murmure Juliette en pouffant dès que nous avons dépassé la loge. T'es sérieuse ?

— C'est elle qui me l'a demandé...

— En tout cas, tu n'as pas la cote avec Frank le Carlin, remarque Nicolas.

— Il s'appelle Elvis.

— Ni aucune culture cinématographique, soupire Nicolas.

Lorsqu'on pénètre dans l'appartement, il est inondé de soleil. L'entrée spacieuse débouche à droite sur deux chambres donnant sur la rue, où je me précipite pour ouvrir les fenêtres en grand. Nicolas siffle d'admiration.

— C'est magnifique, ici ! Et il y a deux chambres ! Qu'est-ce que tu vas faire de toute cette place pour toi toute seule ?

— C'est trop cool, hein ?

À gauche, côté cour, l'espace est assez vaste pour comporter une cuisine à l'américaine, un coin salle à manger avec une table ronde et quatre chaises, un coin salon avec un canapé, une table basse et un petit fauteuil crapaud. Tout est parfaitement agencé. Les meubles sont vieillots mais ravissants. Mon oncle et sa femme ont toujours eu du goût. L'ensemble est abondamment éclairé grâce au flot de lumière qui se déverse par les deux fenêtres, dont l'une est immense. Du quatrième étage, on aperçoit la jolie cour arborée de l'immeuble et celles des habitations voisines. Toutes sont soigneusement entretenues et fleuries. Je crois que je vais me sentir bien, ici.

Une heure plus tard, on a monté tous les cartons. Nicolas me propose d'aller rendre la camionnette tandis que Juliette insiste pour m'aider à déballer mes affaires. À son retour, on a bien avancé. Pour les remercier, je les invite à déjeuner dans le quartier. Quand on repasse tous les trois devant la loge, la gardienne, en pleine discussion avec un homme, se retourne.

— Vous avez terminé, mademoiselle Margaux ?

Juliette glousse, je lui donne un coup discret.

— Oui, on a fini.

J'observe le type qui fait face à Mme Ménard. De taille moyenne, trapu, mal rasé, une cigarette sans filtre au coin des lèvres, de grands cernes violets et des cheveux poivre et sel pas nets, il n'a pas l'air très frais. Je lui donne une petite cinquantaine. Il porte un vieux jogging qui bâille aux genoux et un sweat à capuche noir délavé aux manches effilochées. À ses pieds, un chien gris au poil pas plus net que celui de son maître frétille de la queue. Le roquet de la gardienne est à la fête et lui renifle avec enthousiasme l'arrière-train. Je me disais aussi, cette sale bestiole ne m'avait pas encore aboyé dessus.

— Monsieur Guy, voici la nouvelle locataire de M. Fisher.

Mon nouveau voisin, qui est en train de détailler Juliette d'un regard bien lourd, se tourne vers moi.

— Bienvenue, mademoiselle. J'espère que vous n'avez pas de chat, au moins ?

— Merci. Et… non.

— Bien. Allez, Gordon, ça suffit les plaisirs, on part en promenade.

Il tire son chien par la laisse, adresse un signe de tête à Mme Ménard et s'en va. Charmant…

— Guy Lefort habite au troisième, explique la gardienne. Il est propriétaire et il tient à sa tranquillité.

— Moi aussi, j'aime le calme.

— C'est quelqu'un, ici, vous savez. Il est propriétaire des chambres de bonne, au sixième. Avant, son grand-père possédait presque tout l'immeuble. Des gens importants… Au fait, si ça vous arrange, je peux garder un double de vos clés, c'est pratique quand on vit seul. Vous voyez, j'ai celles de tout le monde.

À droite de sa porte, un panneau en bois muni de clous et de vieilles inscriptions en peinture noire est accroché, comme dans les vieux hôtels. Il indique les numéros d'étages et les deux appartements par palier, celui de droite et celui de gauche. Moi qui ai toujours peur d'oublier mes clés, je me sentirai rassurée. Je lui tends un jeu qu'elle accroche à sa place.

Je jette discrètement un œil dans la loge. Elle est minuscule. Un rideau doit cacher son lit et sa salle de bains. Face à moi, le coin cuisine, une table recouverte d'une nappe en dentelle, un canapé en velours côtelé vert pâle un peu usé, un fauteuil à haut dossier assorti et, surtout, un incroyable lit à baldaquin miniature, de la taille d'un chien. Derrière les voilages transparents, Elvis est allongé, tel un pacha. Dès que je croise son regard, il se met à japper.

Nous allons déjeuner dans un petit restaurant que j'ai repéré avenue Laumière, Les Chics Types, un endroit qui me plaît déjà beaucoup, avec ses chaises qui ressemblent à celles des écoliers, ses vieilles tables et son parquet en bois. Après un bon repas et une bière, je commence à me détendre.

— Tu vois, Margaux, tout n'est pas si moche que ça, me dit Juliette.

Qu'elle est étrange, la première nuit dans un lieu inconnu censé être son chez-soi. Tous les bruits nous paraissent bizarres, voire inquiétants, même si on sait qu'ils feront très vite partie de notre quotidien. Mais quelle galère de s'endormir dans cet immeuble tellement sonore, où j'entends les pas de mes nouveaux voisins au-dessus de ma tête. Pourquoi les gens portent-ils encore leurs chaussures au milieu de la nuit ?

Lundi, je ne travaille pas et peux donc finir mon emménagement. Entre le rangement et les courses, la journée passe à toute vitesse. Vers 18 heures, j'ai presque terminé et je sors prendre l'air. Je vais faire un tour au parc qui, en plein mois de juin, est superbe. Les parterres sont couverts de fleurs, l'herbe et les arbres sont d'un vert profond. À mon retour, Mme Ménard, qui prend visiblement l'entrée pour son salon, est encore en grande conversation, cette fois avec un couple.

— Ah, mademoiselle Margaux, je vous présente vos voisins du dessus : M. et Mme Marchand.

L'homme, petit et grassouillet, me tend une main chaleureuse, un grand sourire aux lèvres.

— Bonjour, moi c'est Marc. Et voici ma femme, Perla.

Perla ressemble à une petite souris. Elle a l'air totalement effarouchée et lève à peine ses yeux craintifs pour me regarder. Elle recule, et je comprends qu'il est inutile de lui tendre la main. Elle est très jolie, avec ses grands yeux bleus et ses beaux cheveux noirs.

— Bonjour, répond-elle dans un souffle.

— Ma femme est ukrainienne, elle parle encore très mal le français, mais ça viendra, hein ma Perla ? dit-il en entourant ses épaules d'un bras affectueux.

Elle sourit timidement. Si Mme Ménard la regarde plutôt de travers, elle semble complètement sous le charme du mari.

2

Le cabinet que Juliette, Nicolas et moi avons ouvert est situé tout près du quai de Seine, au bord du bassin de la Villette. C'est Juliette qui avait posté une annonce pour partager le local. J'ai pris rendez-vous et, quand je suis arrivée sur place, j'ai eu un coup de cœur pour le lieu, et pour Juliette. Cette fille est incroyable. Ce qui surprend, au premier abord, c'est sa taille. Elle mesure un mètre soixante-dix-huit. Elle est très belle, blonde, les yeux bleus, et elle est toujours souriante. Juliette inspire immédiatement confiance, qualité essentielle dans son métier de naturopathe, dont la clientèle a besoin d'être rassurée et doit avoir envie de revenir. Juliette et moi, on est tout de suite devenues potes.

Moi, je ressemblerais à sa petite sœur si elle en avait une. D'une blondeur presque scandinave, j'ai les yeux noisette et je mesure dix-huit centimètres de moins pour quelques kilos de plus. Alors qu'elle laisse libre son abondante chevelure ou qu'elle l'attache en un superbe chignon faussement décoiffé, j'ai les cheveux très courts depuis ma rupture. Je trouve que ça me va bien et, comme dit mon oncle, ça prouve que je veux vraiment changer de vie et prendre un nouveau départ. J'espère qu'il a raison. En tout cas, personne ne pourra nier que je fais des efforts.

Enfin, Nicolas, l'ostéopathe du cabinet, est le plus âgé de nous trois. La petite trentaine, il nous a rejointes peu après. Malgré son physique maigrichon de brun dégarni, il est bien dans sa peau, bavard comme une pie et très drôle. Nicolas est marié depuis dix ans. Sa femme, Sophie, n'a jamais voulu avoir d'enfants. Est-ce qu'il en souffre ? Juliette et moi, on n'en a aucune idée. Il n'en parle jamais et on a appris à respecter son silence. Nicolas est un excellent ostéopathe. Je le sais parce que je lui demande régulièrement une séance.

Depuis trois ans qu'on travaille ensemble, on a créé un lieu chaleureux où la clientèle devient de plus en plus nombreuse. Tous les matins, je suis contente de venir travailler en sachant que je vais retrouver Juliette et Nicolas. Et puis j'ai de la chance : j'adore mon travail, ce qu'il me permet d'offrir aux gens. Pour moi, rien n'arrive par hasard : une blessure qu'on se fait un jour, une autre qui refuse de guérir. Tout est lié à ce qu'on vit, ce qu'on ressent. Mon boulot, c'est de décrypter les mystères du corps de chacun, de l'aider à lever certaines défenses qui l'entravent et l'empêchent d'aller mieux, de mieux fonctionner et de se rétablir. Parce que notre corps garde en lui toutes les cicatrices causées par la vie, physiquement et nerveusement.

La naissance est un premier chemin ardu qui imprime ses marques, et je reçois beaucoup de nouveau-nés. Mais les patients que je préfère, ce sont les personnes âgées. Ce sont celles qui sont les plus délaissées par notre société et pourtant elles ont tellement de choses à dire, à exprimer. J'ai un immense respect pour elles, et j'essaie de leur donner le maximum.

En ce moment, mon travail est ma bouffée d'oxygène, la seule partie de ma vie qui me rend heureuse. Parce que si je suis honnête, je dois reconnaître que je ne me remets pas de ma rupture avec Eliott. Je ne crois plus en rien, plus en l'amour, plus en les hommes, plus aux relations de couple. Juliette se moque de moi. « La vie ne peut pas finir à vingt-huit ans, me répète-t-elle, au contraire, elle commence à peine. Un jour, tu vas retomber amoureuse. Et ce ne sera pas la dernière fois ! »

Juliette sait très bien de quoi elle parle. Depuis quelques mois, elle est raide dingue de Cyril, un homme marié qu'elle a rencontré sur Tinder. D'après elle, il n'y a plus grand-chose entre sa femme et lui. Ils resteraient ensemble par confort, attachement et pour leurs enfants. J'ai l'impression d'avoir entendu ça des centaines de fois. Mais Juliette est heureuse, enfin, toujours d'après elle. Bientôt, elle en est sûre, elle se lassera et passera à autre chose. Ou Cyril quittera sa femme pour elle. Là, sincèrement, elle délire. Depuis le début, le discours de Cyril a le mérite d'être clair : sa vie le satisfait telle qu'elle est. Il aime sa femme mais ne ressent plus avec elle la petite excitation des débuts. Sa maîtresse, elle, lui apporte tout le frisson que ne lui procure plus sa vie de couple. Alors j'espère vraiment que Juliette se lassera.

Ma journée de travail se déroule en douceur. Aujourd'hui, tout le monde est plutôt agréable et ponctuel, ce qui me laisse le temps de prendre un café avec Nicolas et Juliette après notre rapide déjeuner. Enfin, à 19 h 15, je reçois ma dernière patiente. C'est une jeune cadre au dos bloqué qui vient pour sa quatrième séance. Avec elle, j'utilise une méthode qui fonctionne sur l'émotionnel, parce que, mécaniquement, tout va bien. Parfois, Nicolas conseille à ses patients de changer de travail ou d'aller voir un psy ! À mon avis, on n'est pas près de manquer de patients, bien au contraire.

Juliette a un autre profil de clients, ceux qui ont une histoire moins douloureuse, souffrent de surpoids ou ont assez de temps et d'argent pour prendre soin d'eux. Enfin, quand je dis « eux », ce sont pour quatre-vingt-dix-huit pour cent des femmes.

Il est plus de 20 heures quand je quitte le cabinet. En poussant la porte de mon immeuble, je lâche un cri de terreur. Il y a un vieil homme tout maigre avec une longue barbe blanche et des yeux hagards qui me dévisage. Dos collé aux boîtes aux lettres, bras écartés, bouche ouverte, il émet de petits claquements de langue et pousse des grognements. Je repense aux paroles de Mme Ménard. Le « vioque complètement sifflé », ça doit être lui, pas la peine de paniquer.

— Bonsoir, monsieur.

Pas de réponse. Je passe devant lui, ouvre la porte vitrée qui mène à l'ascenseur et à l'escalier, et me retourne.

— Vous entrez ?

Pas une parole, pas un geste, juste ces bruits bizarres. Mal à l'aise, je décide de le laisser à ses boîtes aux lettres et de filer.

Mon voisin ferait un personnage parfait pour le film d'horreur que je regarde ce soir, pelotonnée sur mon canapé, dans mon grand T-shirt jaune fluo. Je l'imagine très bien un grand couteau caché derrière le dos, pénétrant dans la bicoque sordide où est prisonnière l'héroïne.

À cet instant, la sonnerie de ma porte retentit. Je sursaute violemment. Je n'attends personne. À travers le judas, j'aperçois une jeune femme à l'impressionnante crinière rousse et au sourire éblouissant.

— Salut ! Je suis Victoire, ta voisine du deuxième ! Je t'ai aperçue ces derniers jours et je me suis dit : enfin une jeune dans l'immeuble !

Victoire est vraiment superbe, avec ses cheveux indisciplinés et ses grands yeux verts.

— Ça te dirait de venir prendre un café ou un verre chez moi ?

— C'est que… je ne suis pas très habillée.

Victoire me regarde de haut en bas.

— Oh, on s'en fout ! Juste un escalier à descendre, personne ne va te voir ! répond-elle, hilare.

Je comprends tout de suite qu'on ne peut pas lui résister.

Son appartement est la copie conforme du mien, sauf qu'il est très surchargé. Son salon-cuisine déborde de meubles anciens sûrement très coûteux. Il y a un immense canapé et des fauteuils recouverts de tissus soyeux, une grande table en bois rectangulaire flanquée de bancs. Elle m'explique que sa mère a voulu s'occuper entièrement de sa déco et lui a tout acheté. Elle, ça l'arrangeait plutôt : elle est violoniste dans un orchestre. Normalement, quand un virus ne paralyse pas le monde entier, elle n'a le temps de rien, toujours entre deux trains, deux avions, deux concerts et, ajoute-t-elle en me faisant un clin d'œil, trois amants. Victoire a vingt-cinq ans mais elle me paraît tellement plus mûre que moi.

Je m'installe sur son canapé et elle me rejoint avec une bouteille et deux verres.

— J'ai un bon vin de Loire, ça te va ?

— Parfait ! Dis, ton voisin de palier, il est vraiment flippant…

— Alphonse ? Mais pas du tout, c'est un amour. Il faut juste apprendre à le connaître.

Je lui raconte ma rencontre du début de soirée.

— Ne t'inquiète pas, cet homme est complètement dingue mais il est très gentil, m'explique-t-elle. Je sais bien qu'avec son mètre quatre-vingt-dix et ses yeux de fou il terrorise tout l'immeuble. Mais il n'est pas méchant. Il est juste schizophrène.

— Ah oui ? Je dois me sentir rassurée, là ?

Elle rigole avant de reprendre son sérieux.

— Je crois que toute sa famille est morte mais qu'il est assez riche, et ça lui permet de rester chez lui. Avant, il vivait avec sa sœur, Rebecca, une femme très sympa. Enfin, moi, je l'aimais bien. Pour les autres, surtout Guy, leur voisin du dessus, c'était une vieille emmerdeuse. Une emmerdeuse plutôt généreuse qui a décidé de s'occuper de son frère malade.

— Mais ça a dû être atroce pour lui, quand sa sœur est morte.

— Je ne pense pas qu'il s'en rende vraiment compte. Il n'en parle jamais, et nous, bien sûr, on ne la mentionne jamais non plus. Il faut croire qu'il vit dans le présent. Comme un enfant. Et c'est peut-être mieux. Je te le présenterai à l'occasion, déclare Victoire d'un ton énergique, comme ça tu n'auras plus peur de lui… Surtout si tu le croises une nuit dans la cage d'escalier.

— Hein ?

— Il aime bien se balader dans l'immeuble quand sa garde-malade s'endort.

— Et ça arrive souvent ?

— Oh, tu sais, moi je m'absente beaucoup, mais c'est ce que me disent Markus et Jérôme, mes potes, au cinquième.

— Ah, le fameux couple dont m'a parlé la gardienne.

— J'espère qu'elle ne t'a pas raconté des horreurs, celle-là !

— Juste que, bien qu'ils soient gays, ils sont très gentils... Ce qui n'est pas si mal venant d'elle, non ?

— Cette chère Mme Nathalie et son abominable clébard...

— Et donc, tu connais Jérôme et Markus ?

— Jérôme est chef d'orchestre, c'est lui qui m'a prévenue qu'il y avait un appartement à louer ici. Markus est plus jeune que lui, il est allemand et enseigne sa langue, justement, à des adultes. Ils sont tellement cool. Tu peux compter sur eux si tu as le moindre problème.

— Et les autres habitants de l'immeuble ?

— Rien de très spécial. En face de chez toi, il y a les Delair. C'est un couple sympa et sans histoires, avec une fille et un bébé. Tes voisins du dessous, un autre jeune couple, ce sont les Cohen. C'est une famille juive très religieuse et plutôt folklo. Et si je dis famille, c'est parce que ça ne désemplit jamais chez eux : les parents, frères et sœurs, oncles, cousins...

Ils débarquent sans arrêt, à toutes les fêtes. Bref, pas vraiment discrets. Et vu que dans cet immeuble on entend très bien ce qui se passe au-dessous et au-dessus de chez soi, tu vas vite connaître tes voisins !

Victoire nous ressert un verre de vin avant de poursuivre :

— En face de chez eux, c'est une autre histoire. Guy Lefort.

— Je l'ai croisé l'autre jour, avec la gardienne.

— Il paraît qu'il est né dans l'immeuble. Il y a passé toute sa vie. Il s'est marié, il a eu des gamins, et puis il s'est retrouvé au chômage. Ça fait des années et des années, maintenant. Sa femme est partie avec les enfants, qui ne viennent jamais le voir.

— Oh, c'est triste.

— Ouais… Enfin, il ne fait pas beaucoup d'efforts pour se rendre sympathique. Et puis tu as vu son style !

— Et son chien !

— Gordon ? C'est l'amoureux d'Elvis. Ces deux-là s'aiment, je te jure.

— Et c'est vécu comment par leurs maîtres ?

— Ils sont dans le déni, évidemment !

— Mais Guy, il ne serait pas un peu dépressif, vu comment il se laisse aller ? Ceci dit, d'après la gardienne, c'est quelqu'un d'« important », dans l'immeuble.

— Ah oui ? Première nouvelle.

— Il paraît que les chambres de bonne lui appartiennent toutes.

— Tu m'apprends quelque chose. Au moins, il a de quoi vivre, c'est déjà ça.

— D'après ce que j'ai compris, c'est un héritage.

— Je me disais aussi… Ah, j'oubliais de te parler d'une autre voisine : l'esclave de Mme Ménard, la fille qui l'aide pour le ménage. Parce que quand tu la vois, tu te demandes bien comment elle fait pour bosser, pas vrai ?

— Pas simple avec les mocassins et la jupe plissée !

— Elle s'appelle Teresa, elle est slave. Elle loue une des chambres de bonne de Guy. Elle est censée aider Mme Ménard mais en gros elle fait tout, et l'autre lui hurle dessus en permanence, c'est une horreur. Notre gardienne s'occupe d'une bonne partie des immeubles du coin. Elle fait le ménage dans trois ou quatre bâtiments. En réalité, son boulot, c'est de surveiller Teresa et d'empocher une bonne commission. Tu le verras très vite par toi-même.

Victoire et moi, on discute jusqu'à une heure avancée de la nuit. Elle me promet de me présenter au plus vite Alphonse, Markus et Jérôme. Je sens pour la première fois depuis des mois un petit élan vital et un soupçon d'optimisme. Comme si la vie n'était pas qu'un long tunnel sinistre, finalement.

3

Ce matin, je commence tard. J'en profite pour passer prendre le café chez mon oncle qui habite tout près de chez moi, avenue Secrétan. En arrivant en bas de l'escalier, je suis accueillie par un grognement. Elvis le roquet ! Mais ce n'est pas à moi qu'il s'intéresse. Truffe collée contre l'embrasure d'une porte, il gémit en grattant furieusement le paillasson. De l'autre côté, un grondement rauque lui répond, suivi du feulement d'un chat. Elvis glapit et se sauve en courant, la queue entre les pattes.

— Bien fait, je murmure.

— Viens ici, mon chéri, susurre Mme Ménard, surgie de nulle part. Je t'ai dit de ne pas t'approcher de ces vilaines bêtes.

— Bonjour, madame Nathalie !

Je prie intérieurement pour qu'elle ne m'ait pas entendu.

— Les foutus chats de Mme Isabelle qui persécutent mon pauvre Elvis. Elle en a deux vous vous rendez compte ? Dans un petit deux-pièces. Ça devrait être interdit.

Sur ce, elle me tourne le dos et rentre dans sa loge.

Je passe devant le collège de la rue Pailleron, juste avant le début des cours. Les élèves débordent sur la chaussée comme s'ils étaient seuls au monde et gênent la circulation. Je tente de me frayer un passage sur le trottoir tout aussi encombré. Ça hurle, ça rigole, ça se bouscule.

— Pardon, dis-je, obligée de taper sur l'épaule d'une ado qui me tourne le dos et m'empêche d'avancer. Je peux passer, s'il te plaît ?

La fille et sa voisine pivotent vers moi. Leurs regards me traversent sans me voir.

— C'est qui celle-là ?

— Casse-toi, bâtarde.

Leurs lèvres ont à peine bougé. Vexée, frustrée parce qu'aucune réplique ne m'est venue à l'esprit, j'accélère le pas la tête basse, un peu comme Elvis tout à l'heure.

Aurélien est en peignoir quand je sonne à sa porte. Les rideaux sont encore tirés et une odeur familière règne, mélange du parfum de mon oncle, de celui de vieux meubles cirés et de livres anciens. Cet appartement recèle tant de souvenirs. C'est ici que j'ai habité lorsque, à seize ans, j'ai refusé de suivre ma famille. J'allais entrer en première au lycée quand mes parents ont annoncé qu'on partait vivre aux États-Unis, à Portland. Mon père, ingénieur, était muté là-bas. Pour lui, c'était une magnifique opportunité, et ma mère était folle de joie. Mon frère Romain n'a pas voulu les suivre non plus, il était amoureux et avait intégré une bonne école de commerce. Moi, je n'ai tout simplement pas eu envie de partir. En pleine adolescence, je ne me sentais pas très proche de mes parents, ni de mon petit frère Adrien qui n'avait que huit ans. Ma vie était à Paris, avec mon grand frère, mes potes et mon lycée. Portland, qu'est-ce que je serais allée faire là-bas ? Aujourd'hui, je ne suis pas sûre d'avoir pris la bonne décision. Avec le recul, je regrette de ne pas avoir été plus curieuse et aventurière. Et j'avais peut-être plus besoin de mes parents que je ne le croyais. Aurélien, qui était de retour depuis deux ans et qui s'était engagé auprès de mes parents à veiller sur nous, a proposé de m'accueillir chez lui. Romain, lui, est parti s'installer avec sa petite copine. Voilà comment je me suis retrouvée à vivre avec mon oncle.

Je le suis dans la cuisine, seule pièce moderne de l'appartement. Le café est déjà prêt.

— Tu as faim, Margaux ? J'ai un reste de brioche.

— Tonton, j'ai toujours faim !

— Alors, comment ça se passe, rue Cavendish ?

— Très bien. J'ai croisé des voisins. J'ai rencontré Victoire, une musicienne. Sinon, tu connais le vieux fou du deuxième ? Alphonse ?

— Évidemment !

— Victoire l'aime beaucoup et elle m'a juré qu'il était totalement inoffensif.

— Elle a l'air d'une fille bien, cette Victoire. Mais toi, comment tu vas ?

— Très bien. Je me sens toujours totalement désespérée, mais sinon, ça va très bien.

Aurélien pose sa main sur la mienne.

— Margaux... Tu imagines toutes les années qui te restent à vivre ? Tu comptes faire quoi ? Te lamenter sur ton sort jusqu'à ce que mort s'ensuive ? Complètement idiot.

— Désolée de remuer de vieux souvenirs, mais quand Héloïse a disparu, tu ne l'as jamais remplacée.

— On est restés mariés pendant vingt-cinq ans, tu te fiches de moi !

— Oui, mais tu es mon modèle...

Aurélien soupire et me tend le pot de confiture.

Avant de partir, j'entre dans le bureau de mon oncle, ce lieu où j'aimais traîner quand je vivais ici. L'odeur de pipe, l'énorme table de travail, les photos de famille accrochées au mur, tout cet univers qui a nourri mon adolescence et qui me réconforte encore aujourd'hui. Je m'arrête devant les cadres, contemple la photo de mariage de mon oncle et ma tante. Elle était si lumineuse, Héloïse... Et lui, avec son faux air sérieux et ses yeux qui pétillent. Il lui tient le bras avec ce mélange d'amour et de respect que je lui ai toujours connu pour ma tante. Sur une autre photo, il est avec ma mère, ainsi qu'avec leur grand frère, aujourd'hui mort, et leurs parents. Une photo austère, où l'image de ma mère, toute petite fille, m'émeut chaque fois. Sûrement parce que je ne veux pas admettre qu'elle me manque.

Je ne m'attarde pas sur la dernière photo, celle de mon oncle avec un groupe d'amis et de médecins, prise lors d'une de ses lointaines missions. Parmi eux, je reconnais Édouard Duquesnes, qu'il a connu durant cette période et que j'ai souvent croisé ici. Après une carrière diplomatique, il a décidé de rentrer en France et occupe un haut poste à la préfecture. Je le trouve arrogant et baratineur, mais mon oncle n'a pas beaucoup d'amis et je suis contente qu'il ait au moins celui-là.

Ce soir-là, après une journée de travail chargée, je rentre chez moi épuisée et un peu déprimée. Parfois, j'aimerais juste un peu de gratitude de la part de mes patients. Et que les hommes, surtout ceux qui sont vieux et mariés, arrêtent de me draguer. C'est lourd et embarrassant. Enfin, il y a toujours pire : l'un de ceux de Nicolas est venu en consultation la semaine dernière avec un string transparent ! Nicolas a tellement ri que l'autre, vexé, est parti sans prendre sa séance.

Aujourd'hui encore, il n'y a rien dans mon frigo. Tant pis, je suis trop fatiguée pour faire des courses. Arrivée au quatrième étage, je cherche la clé au fond de mon sac quand j'entends un bruit. Je me retourne brusquement. Personne. Mais la porte d'en face est entrouverte. Est-ce qu'ils ont oublié de la fermer ? Ou alors ils sont en train de se faire cambrioler ? Mon cœur s'accélère. Au moment où je m'approche, la porte claque violemment et un rire enfantin crépite de l'autre côté. J'imagine que je viens de faire connaissance avec la fille de mes voisins.

Agacée par sa blague mais soulagée, je pénètre dans mon appartement. Ce soir, je le trouve sinistre. J'allume toutes les lumières, tire les volets et les rideaux, et file sous la douche. Mon réfrigérateur et mes placards sont encore plus vides que je ne le pensais. Mais qu'est-ce qui m'arrive ? J'ai vingt-huit ans et je ne suis même pas fichue de m'occuper de moi. Je trouve un fond de céréales périmé, du lait et me prépare un grand bol.

Ce soir, je vais regarder *Eden Lake*, un thriller horrifique, dont l'histoire est abominable à souhait : un couple parti camper en pleine nature est victime des pires atrocités. Rien de tel pour se rappeler que la vie peut être encore plus cruelle pour certains, même si, oui, je sais, c'est une fiction.

La pauvre femme se fait torturer par de vieux dégueulasses lorsque la sonnette retentit. Je mets le film sur pause. À travers l'œilleton, j'aperçois une femme et une fillette. C'est fou cette habitude qu'ont les gens, dans cet immeuble, à venir sonner chez les autres à tout bout de champ. On ne peut pas regarder un film et déprimer tranquillement, ici ?

La jeune trentenaire, une brune aux longs cheveux bruns ondulés, se présente comme ma voisine de palier. Elle s'appelle Charlotte et fait très Parisienne branchée. Lou, sa fille, la petite espionne, est vraiment sa copie en miniature. Mêmes cheveux et grands yeux noirs, même peau diaphane. La seule différence, c'est son petit air sournois. Et ses cheveux, qui sont tout raides.

— On voulait vous souhaiter la bienvenue dans l'immeuble. Et vous dire de ne pas hésiter à sonner, si vous aviez besoin de quoi que ce soit.

— C'est très gentil, merci. Pareil pour vous.

— On vous a apporté ça.

Dans ses mains tendues, une assiette, avec une grosse part de gâteau au chocolat.

— Oh, merci ! Il a l'air hyper bon.

— C'est ma fille qui a voulu vous en donner une part. Hein, Lou ? Eh bien, elle est passée où, ma fille ? Lou !

— Je crois qu'elle est entrée chez moi.

— Oh, mais quelle coquine, celle-là. Lou, viens ici !

— Venez, on va la chercher.

La petite fouineuse est dans ma chambre. Elle a ouvert ma penderie et détaille toutes mes fringues. Son regard ressemble à un scanner. Non mais c'est quoi, cette gamine ?

— Lou ! s'exclame sa mère, qu'est-ce que tu fabriques ? Ce n'est pas poli.

Pas poli ? Je rêve. Deux baffes, ouais !

La sale gamine se tourne vers sa mère, l'air totalement indifférente. Tu m'étonnes, après cette belle démonstration d'autorité… Malgré tout, elle la suit docilement dans le couloir. Mais, au lieu de se diriger vers la sortie, elle pénètre dans le salon.

— Eh, ma puce, qu'est-ce qui te prend ? s'exclame Charlotte en lui prenant la main pour la tirer vers l'extérieur. Excusez-la, elle est un peu trop curieuse.

— Oui, j'avais remarqué. Attendez, je vous rends votre assiette.

Hors de question que Lou revienne pour la chercher.

— Merci encore.

Et je ferme la porte. Quelle plaie, cette gosse.

4

Souvent, les mercredis soir, je vais dîner chez mon oncle. Il a une sorte de gouvernante, une vieille dame adorable qui lui fait la cuisine – un délice – et le ménage. Comme à chacune de mes visites, Aurélien commence par me faire la morale : je dois me reprendre en main, le bonheur est possible, tous ces trucs que je ne suis pas encore capable d'entendre et qui m'agacent prodigieusement. Mais savoir qu'il s'inquiète pour moi et qu'il a envie que je sois heureuse suffit à me faire du bien. Ce ne sont pas mes parents, à des milliers de kilomètres, qui se soucient de mes états d'âme. Mon oncle ne comprend pas pourquoi je reste toujours autant dans ma coquille, pourquoi je ne sors pas davantage. Visiblement, il en a marre de mes incursions aux petits déjeuners, et de la pension que je prends chez lui pour le dîner.

— Margaux, me dit-il à la fin du repas, il faut que tu t'amuses un peu, que tu rencontres d'autres hommes. Tu ne vas pas rester là à te morfondre pendant qu'Eliott prend du bon temps avec sa... sa...

— Pétasse ?

— Oui, par exemple.

— Tonton, arrête de t'inquiéter pour moi. Je me prends en main, je t'assure.

— Ah bon ? Tu as des preuves à me donner ?

— J'ai déménagé, non ? Et c'est grâce à toi, dis-je en posant ma main sur la sienne, comme pour le rassurer.

— Si tu le dis, ma chérie. Ce qui compte, c'est que tu reprennes goût à la vie. Tu as suivi mon conseil ?

— Lequel ?

— Tu as arrêté de regarder tes films bizarres ?

— Ah non ! Tu ne peux pas me demander ça !

— Margaux...

— Je vais beaucoup mieux ! Et à propos de l'immeuble, qu'est-ce que tu penses de Mme Ménard ? Elle ne serait pas un peu dingue ?

— Mais non, elle a eu une vie difficile, c'est tout. Elle tient la loge depuis plus de trente ans, c'est une institution, dans l'immeuble. Quand elle est arrivée rue Cavendish, elle était dévastée. Son mari l'avait quittée en affirmant qu'elle avait de graves problèmes psychologiques. Et comme ça, il avait obtenu la garde de leurs deux enfants. Cette épreuve a fait d'elle une femme très dure, et probablement un peu agressive.

— À la limite de la névrose, non ? Mais son mari... quel salaud. Comment on peut faire ça à la mère de ses enfants ?

— Je n'en sais rien, et je ne peux rien te dire de plus, je ne l'ai jamais vu.

— Et qu'est-ce que tu sais sur Alphonse et sa sœur ?

— La belle Rebecca ? Elle avait vingt ans de plus que moi, quasiment cinquante ans quand j'ai emménagé avec Héloïse. Pourtant, elle me fascinait. Elle ne s'est jamais mariée, même si elle a vécu une longue histoire avec un homme qui, d'après les ragots de Mme Ménard, s'est très mal finie. Ensuite, elle a eu des aventures, toujours selon la gardienne. Et puis, peu de temps après notre emménagement, elle a pris son frère chez elle. Sa maladie devenait ingérable, il ne pouvait plus travailler ni rester seul. Elle s'est sacrifiée pour lui, si tu veux mon avis.

— Elle n'aurait pas pu le placer dans une institution ?

— Pas après ce qu'ils avaient vécu...

— De quoi tu parles ?

— C'étaient des orphelins de guerre.

— Raconte.

— Pendant la Seconde Guerre mondiale, on envoyait des enfants juifs dans des familles catholiques à la campagne, pour les cacher. Alphonse, c'est le prénom qu'on lui a donné à l'époque, pour le protéger. Un prénom qu'il a gardé ensuite. Lui et sa sœur ont eu la chance de rester ensemble, mais quand la guerre s'est terminée, il ne restait plus qu'eux. Toute leur famille avait été décimée. D'après sa sœur, c'est ça qui l'a rendu fou.

— C'est atroce. Qu'est-ce qu'ils sont devenus, après ?

— Je ne sais pas vraiment. Ils ont récupéré l'appartement familial, celui où vit Alphonse aujourd'hui, et leur héritage, qui était important. Malgré ses problèmes psychologiques, Alphonse était bon élève. Il est devenu professeur d'histoire. Il était très érudit. Mais sa maladie l'a peu à peu rongé. Il a dû arrêter de travailler vers l'âge de quarante ans. Plus tard, sa sœur l'a pris avec elle et s'est occupée de lui jusqu'à ce qu'un cancer l'emporte, la pauvre…

— Oui, Victoire me l'a dit.

— Rebecca était une sacrée bonne femme, elle avait tout organisé pour la suite. Alphonse a un tuteur qui gère sa vie et ses affaires. Il n'est jamais seul. Il dispose de garde-malades qui se relaient vingt-quatre heures sur vingt-quatre. Une infirmière et un kiné passent chaque semaine, ses repas lui sont livrés.

Rassurée sur le sort d'Alphonse, je quitte mon oncle pour rejoindre des amis, dont Juliette, Nicolas et sa femme Sophie, quai de Loire. Nous sommes une petite dizaine à nous retrouver souvent dans le quartier, les potes de promo comme Quentin et Tania, qui ne se quittent plus d'une semelle depuis au moins dix ans, d'autres couples et célibataires, une petite bande qui s'agrandit ou se réduit au rythme des nouvelles amours ou des ruptures. Dès que le printemps arrive, on aime bien s'installer sur les quais pour boire et pique-niquer, jouer à la pétanque ou aux quilles.

La quantité de bouteilles vides me signale que tous sont là depuis longtemps. Sophie et Nicolas me proposent de me joindre à leur partie, mais je préfère discuter devant une bonne bière au bord de l'eau. Juliette a l'air triste. Je sens qu'elle aimerait, comme les autres couples, partager cette soirée avec Cyril. Le savoir avec sa rivale doit la torturer.

Honnêtement, je préfère ma solitude à sa relation. Et je ne comprends pas pourquoi tout le monde insiste tellement pour que je rencontre quelqu'un. Comme si un nouveau mec dans ma vie allait régler tous mes problèmes. J'ai besoin de temps, c'est si difficile que ça à comprendre ? Ça me fait le même effet quand on conseille aux gens d'adopter un nouvel animal juste après le décès de leur chien ou de leur chat.

En rentrant chez moi, un peu avant minuit, je monte l'escalier (l'ascenseur me rend claustrophobe). Arrivée au troisième étage, j'étouffe un cri : il y a une ombre sur le palier, une ombre immense. Une fois calmée, je reconnais Alphonse. Il se tient devant la porte de droite et me regarde avec ses yeux de fou. Il rit, mais son rire ressemble à un sanglot.

Je prends mon courage à deux mains et m'approche de lui.

— Monsieur, ça va ?

Ce type me terrifie. Pourtant, je repense à ce que m'a raconté mon oncle : je ne peux décemment pas l'abandonner ici.

— Je peux vous aider ?

— La clé. Elle marche pas.

Et il me la montre avant de tenter de la réinsérer dans la serrure des voisins.

— Attendez, ce n'est pas votre porte. Venez avec moi, je vous emmène au deuxième étage.

J'attrape son bras tremblotant et lui fais descendre les marches tout doucement. On va mettre la nuit à atteindre son palier…

La clé qu'il essaie d'introduire dans la serrure n'est même pas celle de sa porte.

— Il y a quelqu'un chez vous ?

— Rosa, oui, mais elle est…

Et il mime la folie en tournant son index sur sa tempe. Je sonne, resonne. Je me demande ce que je vais faire de ce grand-père cinglé si personne ne répond, quand enfin j'entends un cliquetis. La porte s'entrouvre, et une petite tête surgit. Une femme d'une quarantaine d'années nous observe de ses yeux ensommeillés. Sur sa joue, la trace d'un oreiller, sur le sommet de sa tête, une mèche de cheveux crépus dressée telle une crête. En fond sonore, la télé, à plein volume.

— Bonsoir, j'ai trouvé Alphonse au troisième étage, il pensait qu'il était devant sa porte.

— Oh non, monsieur, vous vous êtes encore sauvé, c'est pas bien, ça. La nuit, c'est pour dormir. Venez un peu par ici.

Elle le prend par le bras, le fait rentrer… et me claque la porte au nez.

— De rien, ravie de vous rendre service. Bonne nuit, hein !

5

Samedi matin, à 8 heures, je prends mon petit déjeuner quand on sonne à la porte. Victoire. Cette habitude de débarquer quand je suis en pyjama... Elle me détaille avec un léger sourire.

— Habille-toi, ma belle, j'ai besoin de toi.

— Qu'est-ce qui se passe ?

— Je pars, j'aimerais te demander un service.

— OK, laisse-moi enfiler un truc.

Victoire m'attrape par le bras et m'entraîne dans l'escalier. Personne ne prend jamais l'ascenseur dans cet immeuble. En passant, j'ai le temps d'apercevoir la porte palière entrebâillée, et un petit œil qui brille dans l'angle. Visiblement, Lou est déjà à son poste de surveillance, et l'œilleton doit être trop haut pour elle. Un peu louche comme occupation, à son âge.

En entrant chez Victoire, je suis saisie par une forte odeur de parfum. Une valise est posée par terre.

— J'ai un avion à prendre. Il faut que je file. Je pars pour Berlin, ensuite je passe chez des copains pour un concert privé. Je peux te laisser mes clés ? Si tu pouvais prendre mon courrier, tu le déposes là, sur ce meuble.

Elle me désigne un guéridon recouvert d'une masse hallucinante de lettres non ouvertes. Victoire aurait besoin d'une secrétaire. Elle reprend mon bras et me tire jusqu'à son balcon.

— Ici, il y a mes petites plantes. Ce serait cool si tu pouvais les arroser ce week-end. Et si un soir tu as des potes qui débarquent et rien à boire, viens te servir ! fait-elle en ouvrant un placard en bois sombre aux élégantes poignées en laiton.

À l'intérieur, je découvre sa réserve de vins et d'alcools.

— Je ne te montre pas la chambre, il y a un beau gosse endormi sous ma couette.

Je suis scotchée par le naturel de Victoire, comme si le gars qui occupe son lit faisait partie de l'appartement, au même titre que les plantes et les bouteilles de vin.

— Tiens, voilà les clés, les perds pas, hein ? Bon, je compte sur toi. Et s'il y a un problème, genre plomberie ou autres, tu vas chercher Markus, d'accord ?

— Pars tranquille, je gère.

— Merci.

Victoire me serre dans ses bras.

— Attends-moi deux secondes.

Elle entrouvre la porte de sa chambre et chuchote :

— Salut, toi, je t'appelle en rentrant ! Bisous !

J'entends un grognement de protestation, mais Victoire et moi, on est déjà sur le palier.

— Au fait, me dit-elle au moment où la porte de l'ascenseur se referme sur elle et sa valise, ne te laisse pas impressionner par le satyre de l'immeuble d'en face s'il te fait son strip-tease pendant que tu arroses mes plantes. Hurle un bon coup !

— Victoire, c'est quoi cette histoire ? Attends !

J'entends son rire chantant et un bruit de baiser qui claque. Victoire est partie.

Ce soir, Juliette vient dîner et reste dormir chez moi. J'avais raison, l'autre fois sur les quais. Cyril est parti en week-end avec sa femme et elle en souffre terriblement. Pourtant, les « règles du jeu » sont claires depuis le début, même si elles ont été dictées par Cyril : il ne remettrait pas sa vie maritale en question ; ce qu'il cherchait en dehors de son couple, c'était s'amuser, partager des moments forts, vivre l'instant présent sans jamais envisager d'avenir. Insouciante, sous le charme, Juliette avait tout accepté.

Mais à la longue, ce genre de relation devient humiliante, voire toxique. Sans que Juliette en prenne conscience, leur aventure joyeuse et passionnée est devenue douloureuse, et j'ai peur qu'elle se dévalorise ; peur aussi qu'elle sacrifie ses plus belles années pour une chimère, et que le temps passe sans rien lui apporter d'autre que des frustrations. Je n'ose pas le lui dire, pour ne pas remuer le couteau dans la plaie, mais je m'inquiète pour elle, comme elle s'inquiète pour moi.

— Mais c'est quoi cette bouffe de merde ? Tu me disais que tes placards étaient vides, il n'y a que des chips, des biscuits apéro et... Laisse-moi voir ce que tu caches dans ton congélo... J'en étais sûre, des pizzas !

Elle se tourne vers moi. On dirait une maîtresse d'école qui a surpris une élève en train de faire une connerie.

— Il va falloir que je te fasse une séance au cabinet, parce que là, tu te fous en l'air. Il ne manque plus que les cannettes de bière, et ce sera la totale.

— Ah merde, j'ai oublié d'en racheter ! Euh... c'est juste une grosse flemme. T'inquiète pas, j'ai décidé de me remettre à cuisiner.

— Ah oui ? On va quand même prendre rendez-vous, toutes les deux. Allez, viens, on va faire des courses. Je suis naturopathe, moi, je refuse de manger ces saloperies.

Après un dîner très sain mais que je trouve un peu léger, on s'installe dans mon gros canapé pour papoter. Juliette a beau me fusiller du regard, je descends le paquet de biscuits au chocolat pour accompagner notre infusion. Puis vers minuit, on va se coucher.

Je viens juste de me glisser dans mon lit quand un bruit effrayant retentit au-dessus de nos têtes. Cinq secondes plus tard, on se retrouve dans le couloir, affolées. On dirait que tous les meubles des Marchand se sont écroulés d'un coup sur le sol.

Des cris stridents fusent. Des cris de femme, suivis d'autres sons étranges, mélange de voix d'homme et de fracas. Tétanisées, on se regarde, les yeux écarquillés. Aux cris se mêlent des pleurs frénétiques, puis le bruit d'un meuble qui s'écrase par terre. J'ai l'impression que le plafond va s'effondrer sur nous.

Enfin, tout s'arrête brusquement, laissant place à un silence angoissant. On retient notre respiration dans l'attente d'un autre déferlement sonore. Mais rien. Plus rien.

— C'était quoi, ça ? demande Juliette.

— Je n'en sais rien du tout.

— Ça leur arrive souvent, à tes voisins, de tout casser chez eux ? Ils se battaient, tu crois ?

— Je ne sais pas. C'est la première fois qu'ils font ça. C'est bizarre. On va sonner chez eux pour vérifier ?

— T'es dingue ? Sûrement pas ! Je n'ai pas envie de me faire taper par ton voisin.

— Mais si elle, elle a besoin d'aide ?

— On est deux femmes seules, les autres voisins n'ont qu'à aller voir.

— C'est pas de la non-assistance à personne en danger, là ?

— Écoute, tu dis que c'est la première fois que ça arrive. Si ça recommence plus tard ou un autre jour, OK, il faudra intervenir. Mais juste une fois, ça peut être plein de choses. Accorde-leur le bénéfice du doute.

Pas trop pressée d'aller affronter mes voisins, je me laisse convaincre. Encore très secouées, Juliette et moi sommes incapables de retourner nous coucher. On revient dans la cuisine pour une nouvelle infusion, noyée cette fois dans du rhum.

Vers 1 heure du matin, de nouveau dans mon lit, j'ai du mal à m'endormir. Les yeux grands ouverts, j'écoute chaque bruit, m'attendant au pire. Rien. Un silence total. Je finis par sombrer dans un sommeil agité.

Le lendemain, après un réveil difficile, on décide avec Juliette d'aller se détendre à la piscine, de l'autre côté du parc. En plus, l'été, elle est découverte.

Au rez-de-chaussée de l'immeuble, sous l'œil narquois de sa fille, Charlotte se bagarre avec la poussette qui refuse de s'ouvrir. Le petit frère, qui a à peine trois ans, est craquant avec ses immenses yeux bruns et ses cheveux blonds bouclés. Tout l'inverse de sa sœur… En attendant sa mère, il n'arrête pas de parler et de rire.

Juliette et moi, on aimerait bien aider Charlotte, mais en ce qui concerne les bébés, on est totalement incompétentes. Lou glousse, sa mère s'énerve, avant de donner un bon coup de pied dans la poussette. Et c'est là qu'on entend le petit clic : elle vient de se débloquer. Charlotte soupire bruyamment.

Je tiens la porte de la rue pour laisser tout le monde sortir. De l'autre côté, les Marchand patientent pour entrer dans l'immeuble. Je les observe discrètement. Aucune trace de coup, aucun coquart. Mystère. M. Marchand serre fermement le bras de sa femme, comme s'il avait peur qu'elle parte en courant. Ou est-ce que je me fais des films ? À côté de moi, Juliette s'est raidie ; Lou, elle, fait passer son scanner sur le couple. Marc Marchand nous salue, sa femme regarde ses pieds. C'est un moment très malaisant.

Après quelques pas, Lou s'adresse à sa mère :

— Dis donc, maman, elle est bien ballonnée, Mme Marchand. Tu sais, comme tu disais quand tu étais enceinte de Petit Asticot.

C'est la première fois que je l'entends prononcer un mot. Sa voix est incroyablement rauque pour une gamine.

— Lou, combien de fois je t'ai demandé de ne pas appeler ton frère comme ça ? Il s'appelle Gabriel, tu as compris ? Gabriel ! s'énerve sa mère.

— Oui, mais Mme Marchand est ballonnée.

Charlotte me regarde d'un air blasé.

— Et elle n'a que huit ans, dit-elle en soupirant.

— Vous croyez qu'elle a raison ? Que Mme Marchand est enceinte ?

— Avec Lou, il faut s'attendre à tout, déclare Charlotte avec lassitude. Bon, on se tutoie, Margaux ? On risque de se croiser souvent, alors...

On se quitte après avoir passé l'entrée du parc. Juliette et moi, on longe les grilles en slalomant entre les joggeurs du dimanche qui nous foncent dessus, comme si on était sur leur piste de running et qu'on n'avait rien à faire là.

En chemin, on tente d'analyser la situation. Un couple qui se bat, un mari autoritaire ou protecteur, une femme qui serait enceinte ? Troublant. Sans compter que, si Lou la petite fouine a raison, l'arrivée d'un nouveau-né risque de transformer mon existence paisible en cauchemar. Pleurs du bébé nuit et jour, parents de plus en plus nerveux... Je pourrais demander à Aurélien de me laisser revenir dans ma chambre d'ado.

Juliette se moque de moi.

— On n'est même pas sûres que ce soit vrai. Et si c'est le cas, depuis la nuit des temps, les gens vivent avec des bébés et y survivent.

— On voit bien que ce n'est pas toi qui habites ici.

À la piscine, le dimanche à 11 heures, il y a beaucoup de monde. On se résigne à partager une petite cabine. Là, Juliette me détaille sans une once de discrétion.

— Sans vouloir te vexer, Margaux, tu prends du bide.

— Oh merci, c'est trop sympa.

— Non mais je le dis pour toi. Regarde, là, et là, dit-elle en empoignant mes bourrelets et en tirant dessus. Tu devrais faire plus de sport. Sors un peu plus, fais-toi belle, va t'acheter des fringues. Il faut que tu trouves un mec. Une belle fille comme toi, quel gâchis.

— Oh, hé, arrête !

— Je te le dis par amitié. Tu ne peux pas continuer à te laisser aller à cause d'un sale type. Lui, il vit tranquillement sa nouvelle vie, et toi… Tiens, si tu veux, un samedi, je t'emmène faire du shopping. Je vais te relooker. Mais d'abord, tu maigris un peu.

Son petit speech terminé, Juliette sort de la cabine.

6

Je n'arrive pas à en savoir plus sur ce qui s'est passé chez les voisins. Mme Ménard, qui est censée tout voir et tout entendre, n'est pas au courant. Quand je lui ai demandé l'air de rien s'il y avait eu un accident chez les Marchand, elle m'a jeté un regard perçant et m'a répondu que tout allait très bien chez eux, fin de la conversation.

Ce samedi-là, j'ai une crève terrible et je somnole dans mon lit toute la matinée. Je déjeune à peine avant de me recoucher et de me rendormir tout de suite. Et c'est là que je fais connaissance avec mes voisins du troisième. Samedi, célébration du shabbat. Je comprends enfin ce que voulait dire Victoire. À 15 heures, des chants psalmodiés retentissent, des pieds de chaises tapent en cadence sur le sol. J'aime bien les cérémonies religieuses, mais pas quand je les entends jusque dans ma chambre au moment de la sieste.

Complètement réveillée et un peu énervée, je me lève et ouvre la fenêtre pour prendre l'air.

En bas, j'aperçois Perla Marchand qui discute avec celle qui doit être Teresa. Vue du quatrième, elle semble beaucoup moins renfermée que d'habitude. Au contraire, elle s'adresse à Teresa comme à une bonne copine. Celle que Victoire surnomme l'esclave de Mme Ménard porte un tablier et, pendant que Perla lui parle, elle frotte les cuivres de la porte d'entrée de l'immeuble d'en face. Petite, menue, Teresa a le cheveu blond terne et un visage banal un peu triste. Elle s'interrompt pour répondre à Perla, et son visage reste soucieux.

Mme Ménard les rejoint et se met à hurler sur la pauvre Teresa.

Un léger bruit à ma droite attire mon attention. Lou, accoudée au petit balcon de chez elle, observe la scène. Sentant probablement ma présence, elle tourne la tête vers moi et m'adresse un sourire de connivence.

Dimanche matin, la fièvre est tombée. J'ai passé une nuit pénible à écouter tous les bruits en provenance du cinquième étage. Je n'ai entendu que les talons de Perla Marchand qui claquaient au-dessus de ma tête et me rendaient dingue.

Victoire est de retour. Elle passe récupérer ses clés et propose de m'offrir un café au Napoléon III. J'aime bien ce restaurant, il a une vue superbe sur le parc et il y a toujours une population d'habitués : beaucoup de couples âgés endimanchés et, les week-ends, des familles au grand complet qui viennent déjeuner. Je préfère y aller le matin, quand le soleil se déverse sur les tables.

À notre entrée, Victoire pousse un cri de joie et j'ai l'impression qu'on vient de me percer les tympans. Toutes les têtes se tournent vers nous. Totalement indifférente aux regards, elle se dirige d'un pas dansant vers un grand blond.

— Markus ! Tu es là ! Je suis trop contente de te voir.

Il se lève. Il est immense et incroyablement costaud. Il a un beau visage sympathique, de bonnes joues roses et des yeux bleus pleins de gentillesse.

— Je te présente Margaux, elle vient d'emménager au quatrième.

— Quatrième droite ou gauche ? me demande-t-il.

— Gauche en sortant de l'ascenseur, de l'autre côté de chez vous, alors on ne devrait pas se gêner.

— Oh, de toute façon, Jérôme et moi, on est très discrets. Et comment se passe ton installation ?

— Plutôt bien, j'ai grandi dans ce quartier. Et toi, tu es ici depuis longtemps ?

— Je suis à Paris depuis douze ans, et avec Jérôme, mon compagnon, on habite l'immeuble depuis cinq ans maintenant. On a fait venir Victoire, comme ça on a l'impression d'être en famille ! En tout cas, bienvenue rue Cavendish, ça fait plaisir de voir une nouvelle tête.

Markus est adorable. Jérôme, qui est chef d'orchestre, est toujours en tournée, m'explique-t-il. Comme Victoire, il voyage tout le temps. Markus est souvent seul, mais ça ne le dérange pas.

— Les séparations fréquentes entretiennent la flamme, non ? conclut-il.

— Et pour eux, ça fait six ans qu'elle brille, précise Victoire, songeuse.

Quelle chance...

On termine notre premier café quand je commence à leur parler des Marchand. Je leur raconte les événements de la nuit du samedi et les hurlements de la gardienne sur Teresa.

— Ah, tu as vu comment elle traite cette fille, hein ? intervient Victoire. Et maintenant elle se permet de s'en prendre à elle devant Mme Marchand. C'est quoi, son prénom ?

— Perla. D'ailleurs, Lou, la petite de ma voisine de palier, est persuadée que Perla Marchand est enceinte !

— Cette gamine est flippante. On dirait Mercredi, dans la famille Adams, vous ne trouvez pas ?

— C'est pas faux, répond Markus.

Et je hoche la tête.

— Franchement, Margaux, tu ne vas pas croire ce qu'elle raconte ?

Là encore, Victoire marque un point. Je me suis peut-être un peu emballée.

— Justement, réplique Markus, les enfants voient tout. Elle a peut-être raison, Fräulein Adams.

— Vous êtes dingues tous les deux, déclare Victoire en riant. Je ne sais pas si Perla Marchand est enceinte, mais en tout cas, je n'aimerais pas être à sa place. Son mari, avec son air jovial, moi je vous le dis, c'est un psychopathe.

— N'importe quoi !

Markus et moi, on a réagi en même temps.

— Mais si, je vous jure, ce type cache bien son jeu ! Regardez au fond de ses yeux, il y a une petite lueur inquiétante...

— Victoire, tu es pire que moi ! lui dis-je.

Une demi-heure plus tard, on abandonne notre table, le service du déjeuner va commencer.

— Au fait, Markus, tu savais que Guy était propriétaire des chambres de bonne de l'immeuble ? demande Victoire. C'est Margaux qui me l'a raconté.

— Je le tiens de Mme Ménard, dis-je.

— Radio Cavendish, tu veux dire, répond Markus. Au fait, Victoire, les chambres ne sont pas toutes habitées. Toi qui cherchais un endroit pour répéter, tu pourrais lui proposer de t'en louer une pour pas cher ?

— Pourquoi il me ferait un cadeau, ce pauvre type ?

— Vu comment il te mate quand il te croise, je suis sûr qu'il serait content.

— Mouais. Je vais y penser.

De retour dans l'immeuble, au moment de passer devant la loge, Victoire pose un doigt sur ses lèvres et se met à marcher sur la pointe des pieds.

— Si on peut éviter l'œil du diable, nous chuchote-t-elle.

Juillet

7

Depuis que Juliette m'a fait des réflexions sur mes bourrelets, je nage tous les dimanches. J'ai même acheté des palmes pour muscler mes abdos. Quand Victoire est à Paris, ou quand Juliette ne voit pas Cyril, elles m'accompagnent. Mais aujourd'hui je suis seule. Je suis peut-être petite et grassouillette, mais je suis rapide. Pendant que j'avance dans le couloir des nageurs munis de palmes et autres accessoires, j'essaie de doubler une femme qui bat vigoureusement des pieds en projetant d'énormes éclaboussures. Bras tendus sur sa planche, tête qui sort de l'eau, elle ressemble à un gros canard. Je réalise trop tard qu'un nageur de crawl arrive à grande vitesse en face de moi. La collision est violente, nos deux crânes se heurtent et tout est ma faute. Je me confonds en excuses mais le gars, qui semble K.-O., lève la main et reprend sa route. Ouf. Il y a des nageurs, hommes ou femmes, qui dans ces cas-là n'hésitent pas à vous hurler dessus.

Un quart d'heure plus tard, je reconnais celui que j'ai assommé. Appuyé contre le bord, il se frotte les yeux. Il est franchement mignon. Je m'arrête devant lui et relève mes lunettes :

— Je suis tellement désolée, je ne vous ai vraiment pas vu arriver.

— Ça va, c'est rien ! C'est pas la première fois que vous vous prenez un nageur en pleine face, quand même ?

— Et si.

Il rit. Il est tellement craquant que j'ai tout de suite envie de lui plaire. Mais avec mon bonnet de bain et mes yeux cerclés de rouge à cause des lunettes, je dois ressembler à la Créature du lac. Je m'excuse une nouvelle fois et me jette lourdement dans l'eau.

Après la piscine, j'ai rendez-vous avec Markus à la terrasse du Napoléon III. Il va me présenter Jérôme, son compagnon. Ils sont déjà là. Quel beau couple ! Jérôme est aussi brun que Markus est blond. Il est très élégant, distingué, intimidant. Un chef d'orchestre, quand même. Mais je comprends tout de suite que Jérôme est quelqu'un de simple et de chaleureux, comme Markus. Il est plus âgé que nous d'au moins une bonne dizaine d'années. Il parle beaucoup avec les mains et raconte plein d'histoires drôles. Markus le dévore des yeux. Au Napoléon III, la plupart des serveurs vous ignorent ostensiblement. Mais tous sont aux petits soins avec Jérôme. C'est ce genre d'homme.

— Eh, salut, vous !

Victoire se tient devant notre table, un garçon absolument magnifique à son bras. Je n'ai pas vu celui qui était dans son lit la dernière fois et n'ai donc aucune idée s'il s'agit du même. Je vais éviter de poser la question. Le couple s'installe avec nous. Le beau gosse s'appelle Jérémy. Il joue de la flûte traversière, lui et Victoire se sont rencontrés pendant un concert privé. Je me sens très seule tout d'un coup au milieu de ces deux beaux couples. Je pense alors à mon nageur, à notre rencontre explosive, et je souris. J'espère qu'il est sédentaire et bourré d'habitudes, comme moi, et qu'on se reverra dans la ligne des palmes ou sous la douche.

Quand on se retrouve dans l'escalier de notre immeuble, Markus nous retient.

— Dis donc, Victoire, tu as réfléchi à l'histoire de la chambre de bonne ? Tu vas demander à Lefort s'il peut te la louer pour la journée, ou te la prêter ?

— Me la prêter ? Tu rêves. Mais tu as raison, je vais lui en parler. Tiens, je vais même y aller tout de suite.

— On peut venir avec toi, propose Markus.

— Moi, je vous laisse, j'ai du boulot, s'excuse Jérôme.

— Margaux, viens, on a besoin de renfort.

Des aboiements nonchalants et un pas traînant répondent à notre coup de sonnette, suivis par des cliquetis de chaînes de sûreté, de verrous et de clés.

— Ouais, les jeunes ? demande Guy, cigarette mouillée au coin des lèvres, une odeur de tabac envahissant le palier.

Victoire s'avance.

— Voilà, je voulais vous demander : une de vos chambres de bonne est inoccupée et j'aimerais bien vous la louer pour répéter mon violon. Chez moi, ça gêne les voisins. Mais là-haut, je n'embêterais personne dans la journée. Teresa travaille et Léo, l'étudiant… il s'en fiche.

Guy la regarde sans parler.

— Comme ça, ça vous fait un peu d'argent…

— J'en n'ai pas besoin, qu'est-ce que vous croyez ?

Markus se racle la gorge.

— Besoin, non, certainement pas, mais gagner un peu plus, ça ne fait de mal à personne. Et puis ça aiderait Victoire.

— Je regrette, mademoiselle, mais si cette chambre n'est pas louée, c'est parce que j'en n'ai pas envie.

Gordon est sorti sur le palier. Il est venu droit sur moi pour me renifler. Je le repousse discrètement du pied, mais rien n'y fait, il se colle à moi.

— Mais si c'est moi ? insiste Victoire. Vous me connaissez !

— Cette pièce me sert de débarras. Il y a plein de souvenirs, d'affaires de famille que je n'ai pas eu le temps de trier. Je préfère garder la pièce comme ça. Je suis désolé, dit-il en plongeant les yeux dans le décolleté de Victoire.

Celle-ci ne se démonte pas.

— Ce serait juste quelques heures en journée, je ne prendrai pas beaucoup de place. Allez, réfléchissez-y, d'accord… Guy ? dit-elle en lui coulant son regard de séductrice.

— On verra, on verra, maugrée notre voisin, un peu troublé.

— Tu as mis le paquet, hein, dit Markus qu'on a raccompagné jusqu'à son palier.

— Je connais bien ce genre de type. Vous verrez, il va dire oui, réplique Victoire.

On se sépare et chacun rentre chez soi. Je mets mes affaires de piscine à tremper, quand j'entends sonner. C'est Lou, et elle est seule.

— Tu fais quoi ? me demande-t-elle.

— Bonjour, d'abord.

— Bonjour, d'abord. Tu fais quoi ?

— Rien, je viens d'arriver. Et toi, tu n'es pas avec tes parents ?

— Ben non puisque je suis avec toi ! Tout le monde fait la sieste, je m'ennuie. Je peux rester avec toi ?

— Écoute, je ne sais pas si ton père et ta mère seraient d'accord.

— Si, parce que comme ça je ne serai pas toute seule. Et toi non plus.

Elle entre chez moi et se dirige d'un pas assuré vers le salon. J'entends le bruit sourd d'un corps qui se jette sur le canapé fatigué. J'hésite un instant, avant de me décider à laisser le battant ouvert et à la suivre au salon.

— Ça va, Lou, tu es bien installée ? je lui demande avec une pointe d'ironie.

— J'aime bien, chez toi, on se croirait dans un château. Tout est vieux.

— Sympa, merci.

— Tu sais que je vais au musée avec l'école, demain ?

— Ah bon ? Lequel ?

— Les égouts de Paris.

— Tu en as, de la chance.

— Tu parles. J'y suis déjà allée. Ils nous y emmènent chaque année. Ça se fait pas. C'est pas du tout intéressant, mais alors, pas-du-tout, déclare-t-elle en insistant bien sur chaque mot. Il y a quoi, à voir ? Rien, absolument rien. Des tunnels, des rats et de la pisse. J'ai dit à la maîtresse que je voulais pas y aller, mais elle s'est fâchée. Elle a dit que c'était obligatoire. Elle est bête.

— Lou, si elle te dit que c'est obligatoire…

— Oh ! mais tu parles comme ma mère. Vous, les adultes, vous êtes énervants.

Quelqu'un frappe à ma porte. Un homme attend dans mon entrée – le père de Lou, je suppose. Il paraît épuisé. Je vois à présent à qui ressemble

Gabriel. Mêmes cheveux, bel homme malgré ses traits tirés et son air renfrogné. Habillé d'un vieux jogging et d'un T-shirt troué, il me dévisage.

— Bonjour, lui dis-je, euh, désolée, si vous cherchez Lou, elle est chez moi. Je ne savais pas trop quoi faire.

Il lève les yeux au ciel.

— Entrez, entrez.

— Merci, mais c'est moi qui suis désolé. Lou ! se met-il à hurler. Viens ici tout de suite !

La fillette s'approche. Pour une fois, elle a perdu son air arrogant et se fait toute petite.

— Tu t'excuses auprès de mademoiselle et tu viens immédiatement.

— Pardon, bougonne-t-elle avant de sortir de chez moi.

— Excusez-nous encore une fois, dit son père avant de refermer leur porte.

8

Le week-end suivant, Victoire passe me chercher.

— Viens, on va voir Guy. Je lui ai laissé assez de temps pour réfléchir. Face à deux belles filles comme nous, il ne résistera pas.

— Encore vous ! s'exclame notre voisin.

— Vous avez pensé à ma proposition ? Allez, dites oui, insiste Victoire, mains jointes et tête penchée sur le côté, le regard suppliant.

— Je vous ai dit que j'utilisais cette pièce…

— Montrez-la-nous, au moins, hein, Margaux, tu m'as dit que tu voulais la voir ?

— Carrément !

— Bon, bon, d'accord. Attendez-moi ici, je vais chercher les clés.

Victoire me fait un clin d'œil. Je profite de l'absence de Guy pour donner un petit coup de pied à Gordon, toujours aussi collant.

— Mais qu'est-ce qu'ils ont contre moi, les chiens de cet immeuble ? je gémis.

Guy nous rejoint, un trousseau de clés impressionnant à la main, et on le suit dans l'escalier.

La chambre devant laquelle on s'arrête est située au-dessus de chez Markus et Jérôme. Guy farfouille dans son trousseau et essaie plusieurs clés en grommelant dans sa barbe d'une semaine. Enfin, la serrure cède.

— Eh bien ! s'exclame Victoire. C'est… encombré.

— Je vous avais prévenues.

La pièce est envahie de meubles et de cartons qui s'empilent, touchant par endroits le plafond. Impossible de mettre un pied à l'intérieur. La petite lucarne à travers laquelle filtre un léger rayon de soleil est à moitié obstruée. Un semblant de rideau usé et jauni pendouille devant le carreau.

— Vous comprenez, maintenant ?

— Oui, mais c'est dommage. Vous n'avez jamais pensé à faire du tri ? demande Victoire.

Rien ne l'arrête, je suis admirative.

— Il faudrait. Mais je suis trop occupé pour ça.

Guy surprend le regard sceptique que Victoire et moi échangeons.

— J'ai un parc immobilier à gérer, moi, et toute la paperasse qui va avec. Presque tout l'immeuble appartenait à ma famille, vous savez. Depuis plusieurs générations. C'est mon grand-père qui a commencé à vendre. Je suis né dans l'appartement juste au-dessous. J'y ai grandi avec mes parents et mon petit frère.

— Et donc, là où vous habitez maintenant…

— C'est à moi. J'en ai hérité avec les chambres de bonne, répond Guy en bombant le torse.

Victoire glisse un pied à l'intérieur et se hisse sur la pointe des pieds pour tenter d'avoir une vue d'ensemble.

— Si on enlevait juste un carton ou deux, je pourrais installer mon pupitre et un petit siège pour m'asseoir de temps en temps. Ça ne vous gênerait pas, et moi ça me rendrait un grand service. Je vous paierai pour cet espace de location, bien sûr.

— Je pourrais descendre des affaires à la cave, c'est vrai, murmure Guy en observant la pièce. Si ça aide une artiste, pourquoi pas ! J'ai toujours aimé la grande musique.

Victoire est ravie. Je les laisse discuter finances et rentre chez moi.

Un quart d'heure après, elle me rejoint.

— Cent euros par mois s'il débarrasse un peu plus pour que je puisse installer une petite table et un fauteuil. Dans quelque temps, tu verras, il aura tout enlevé. Et ça va l'occuper, notre grand gérant de parc immobilier ! Finalement, on le trouverait presque sympathique.

Le soir venu, Marc Marchand hurle de nouveau. Je suis devant *Ghostland*, un film d'horreur éprouvant avec une Mylène Farmer impressionnante, lorsque je l'entends crier. J'hésite entre monter le son de la télé à plein volume ou le couper pour écouter, mais je ne bouge pas, tétanisée. Un fracas de vaisselle qui se brise, des cris, les sanglots d'une femme. Les secondes qui me paraissent des siècles s'égrènent. Perla a arrêté de pleurer, elle n'émet plus aucun son. Seules les vociférations de Marc Marchand explosent. Est-ce qu'il l'a assommée ? Tuée ? Mon cœur bat à tout rompre et je me sens glacée. J'ai tellement peur.

Une porte claque, celle de leur entrée. Des pas pressés résonnent dans l'escalier. Je me précipite vers l'œilleton et aperçois Marc Marchand passer en trombe. Il a l'air furieux.

Tremblante, j'entrouvre ma porte et, impulsivement, je monte jusqu'à leur palier et sonne. J'attends. Dans quel état est-ce que je vais retrouver Perla ?

Elle ne répond pas. Elle est peut-être blessée ? À moins qu'elle refuse d'ouvrir. J'insiste quand même.

— Madame Marchand, c'est Margaux, votre voisine du dessous. Vous allez bien ? Ouvrez !

Pas un bruit.

Je sonne alors chez Markus et Jérôme, mais ils sont absents. Victoire. Avec tout le bruit qu'ont fait mes voisins, je suis sûre qu'elle a entendu quelque chose.

Je me trompe. Une musique tout en basses retentit depuis le troisième étage. Victoire écoute du rap et chante à pleine voix. Je finis par frapper des deux poings contre le battant pour qu'enfin elle m'ouvre.

— Margaux ! Mais qu'est-ce que tu as ? Tu es toute pâle !

— Il faut que tu viennes avec moi, c'est Perla...

Et je lui raconte tout. Mais Victoire, au lieu de s'indigner et de se précipiter dans la cage d'escalier avec moi, soupire avant de m'expliquer :

— Écoute, si elle ne t'a pas ouvert, c'est parce qu'elle n'a sûrement pas envie qu'on se mêle de ses affaires. Tu sais, les couples qui se jettent de la vaisselle à la figure, il y en a plein. Il y en a même que ça excite, il paraît. Moi, ce n'est certainement pas mon truc. En vrai, moi, ce qui...

— Victoire, s'il te plaît ! Il est parti furax, il n'avait pas du tout l'air de s'être bien amusé. Et je ne sais pas comment va Perla. Je veux la voir pour être sûre qu'elle n'a rien.

— Calme-toi. Je sais que ça doit être perturbant d'entendre tout ça, et si ça te dérange, dis-le-leur, au lieu de t'imaginer des choses.

— Qui te dit que j'imagine ?

Je lui jette un regard noir.

— OK, dit-elle, tu as raison, on ne sait jamais. Alors si tu as des doutes, tu n'as qu'à appeler un numéro pour violences conjugales. Vois ce qu'ils te diront, les conseils qu'ils pourront te donner. Et moi, si je croise Perla, je regarderai si elle porte des traces de coups. Voilà, tu es contente ?

— Contente, ce n'est pas le mot. Je vais commencer par retourner sonner chez elle, elle finira bien par m'ouvrir.

Je me retrouve de nouveau devant la porte des Marchand et colle l'oreille contre le battant. J'entends des bruits. Comme de la vaisselle qu'on ramasse. J'appuie sur la sonnette. Une fois. Une seconde fois beaucoup plus longtemps.

Enfin, la porte s'entrouvre. Dans l'embrasure, Perla apparaît, une expression de défiance sur le visage.

— Oui ? Qu'est-ce que vous voulez ?

Je suis décontenancée. Je n'ai aucune idée de ce que je dois lui dire. Je m'attendais peut-être à la voir se jeter dans mes bras en me suppliant de l'aider. Au lieu de ça, on dirait que je la dérange, ou qu'elle est sur la défensive. Alors je me mets à bafouiller.

— Pardon. Je... Le bruit...

— Désolée, on s'est un peu énervés, avec mon mari. Maintenant, c'est fini. D'accord ? Bonsoir.

Et elle referme sa porte.

Cette nuit-là, Marc Marchand n'est pas rentré. Ou alors si tard que je dormais trop profondément pour m'en rendre compte. Les jours suivants, je n'ai rien entendu d'anormal. Pourtant, j'ai tendu l'oreille. Blottie sur mon canapé, stressée, anxieuse, j'ai attendu qu'ils recommencent. De nombreux soirs, je suis sortie jusqu'à très tard, appréhendant de rester chez moi. Certains jours, j'ai croisé Perla. Son ventre s'est beaucoup arrondi. Chaque fois qu'elle m'a vue, elle a détourné la tête. Est-ce qu'elle est gênée ? Ou alors elle m'a trouvée trop indiscrète ? En tout cas, ces derniers temps, quand je l'aperçois avec son mari, il la tient par le bras et lui jette des regards de propriétaire pleins d'amour. Peut-être que l'arrivée imminente du bébé l'a calmé ? Il aurait remplacé son agressivité par une fierté de futur papa ? Eh bien, tant mieux, je vais enfin pouvoir respirer un peu.

Septembre

9

L'été est passé très vite. Au mois d'août, pendant les quinze jours de fermeture du cabinet, je n'ai pas quitté Paris et j'ai profité de mon nouvel appartement, de l'immeuble désert, à l'exception d'Alphonse. Rosa est partie en congés et Élodie, sa remplaçante, un peu perdue en présence du vieux fou, m'a souvent appelée à la rescousse. Je le lui ai ramené quand il errait dans les étages, je l'ai aidée plusieurs fois à le remettre debout quand il est tombé chez lui et qu'il a été incapable de se relever. Je me suis assise avec eux au parc, où Alphonse a son banc habituel, près du manège et face au lac. Grâce à ces deux semaines, j'ai appris à le connaître et je n'ai plus du tout peur de lui. Au contraire, je commence même à le trouver attachant. Je crois que lui aussi m'aime bien. Maintenant, quand il me voit, j'ai droit à un grand sourire. Et puis Élodie a eu une idée de génie. Elle l'a emmené chez un barbier qui lui a taillé façon hipster son abominable barbe blanche. Ça le rajeunit et ça lui donne une allure un peu plus normale : Alphonse ressemble beaucoup moins à un frère sadique du père Noël.

Ce matin, au moment où je passe devant la loge, Mme Ménard surgit pour m'annoncer une bonne nouvelle : Perla Marchand a accouché d'un garçon.

— Et la maman va bien ?

— Elle, oui, mais le petit est né avec plus d'un mois d'avance. Trop maigrichonne, celle-là, répond-elle, l'air méprisant.

C'est vrai que Perla est si mince, si fragile…

— Et il s'appelle comment, ce bébé ?

— Louis ! C'est chic, non ?

— Très.

Je quitte l'immeuble en songeant que, bientôt, la mère et le bébé seront de retour. À moi les nuits agitées. D'un autre côté, je préfère subir les pleurs d'un nourrisson que les bagarres des parents. Si ce petit apporte la paix au ménage, il peut bien crier tout son soûl pendant des mois, je lui serai éternellement reconnaissante.

À la piscine, dans la rangée réservée aux palmes, je cherche comme toujours mon nageur, mais je ne le vois pas. Pas étonnant : la plupart des gens, moi y compris, portent un bonnet de bain noir et des lunettes plus ou moins semblables. Difficile de repérer quelqu'un sous cet uniforme. Quand je me concentre sur mes bras qui fendent l'eau ou mes chevilles qui commandent le mouvement de mes palmes, mon esprit, entièrement focalisé sur l'effort, se vide totalement. Je ne pense absolument plus à rien, et c'est un bonheur infini. Je n'entends plus que ma respiration et les éclaboussures dues à mes mouvements. Je pousse ma séance jusqu'à cinquante minutes, moi qui ai commencé à trente au départ. Je n'ai plus envie de m'arrêter.

Je sors du bassin, les jambes ankylosées et flageolantes, ramasse mes affaires et me dirige vers les douches mixtes. Alors que j'ai la tête pleine de shampooing, je sens un regard posé sur moi. C'est lui, juste en face ! Oh non ! Me reviennent en mémoire les remarques de Juliette sur mes bourrelets. J'imagine l'effet que je dois produire avec mes cuisses grassouillettes, mon petit ventre mis en évidence par mon maillot qui me colle à la peau, mes cheveux tout mousseux… Tant pis, pas le choix, il faut que je m'assume comme je suis. Hé ! il me sourit, il me fait même un petit signe de la main. J'agite la mienne puis, encore un peu mal à l'aise, je baisse les yeux. Quand je les relève, il a lui aussi le crâne recouvert de mousse et il le frotte vigoureusement. Il a des gestes de chat qui fait sa toilette. Il est vraiment mignon. Nos regards se croisent, il me sourit de nouveau. Comment poursuivre ce moment ? J'ai fini ma douche. Je passe devant lui et m'arrête.

— Ça va ? Pas de collision avec une nageuse, aujourd'hui ?

— Eh non, je n'ai pas eu cette chance. Tu n'étais pas dans la rangée des palmes ?

— Si.

Voilà, je n'ai plus rien à dire. Je ne vais pas rester plantée là à le mater sous la douche.

— Bon, peut-être à dimanche prochain ?

Au moment où il va me répondre, son voisin l'interpelle.

— Mathieu, dépêche, on est hyper à la bourre.

Il me regarde en haussant les épaules, et je n'ai plus qu'à m'en aller.

Je quitte la piscine, à la fois excitée et déçue. Au moins je connais son prénom. Mathieu… Et si je ne le revoyais plus jamais ? À moins qu'il soit du quartier et que je le croise un de ces jours chez le boulanger ou au parc ? Oui, avec une fille canon.

Stop. Tout va bien. Je l'ai revu, il était content de me voir et, comme dit Juliette, il faut faire confiance en la vie. Et puis tout à l'heure, je suis invitée chez Aurélien pour le déjeuner.

À 13 heures, je sonne chez mon oncle. J'ai la mauvaise surprise de découvrir Édouard, son vieil ami, assis dans le canapé à siroter un whisky. Rougeaud, le ventre proéminent, l'œil injecté de sang, Édouard Duquesnes ne vieillit pas très bien. Il me salue et me jette son éternelle œillade de vieux pervers. Cet homme me met à cran, je me demande ce que lui trouve Aurélien, si droit, si plein de classe. Mais

Édouard a sûrement des qualités que j'ignore. Mon oncle insiste pour qu'il reste déjeuner. Heureusement, Édouard refuse, il est attendu.

Dès qu'il est parti, je sens que je respire mieux. Et puis j'ai mon oncle pour moi toute seule.

— Dis-moi, Margaux, commence Aurélien d'un air légèrement contrarié, tu ne l'as jamais beaucoup aimé, mon vieux copain, n'est-ce pas ?

— Pourquoi tu dis ça ?

— Ma chérie, quand je te pose une question, j'aimerais que tu y répondes, au lieu de m'en poser une autre. Tu sais à quel point ça m'agace, quand tu fais ça.

— Oh, pardon. Et oui, tu as raison. C'est bizarre, mais je ne le sens pas, je ne sais pas pourquoi.

— J'aimerais bien que tu fasses un effort, quand tu le croises chez moi, parce que tu es à la limite de l'impolitesse.

— Désolée, je ne m'en rends même pas compte. Ne te fâche pas, tonton, je ferai très attention la prochaine fois.

— Bon, tu peux arrêter de jouer les petites filles, maintenant ? Tu essaies de m'amadouer, là.

Je lui décoche un grand sourire avant de lui demander :

— Comment vous vous êtes connus, déjà ?

— C'était au cours d'une de mes premières missions, il travaillait à l'ambassade de France. Crois-moi, il m'a beaucoup aidé à cette époque. On essayait de soigner les gens dans une zone de combat et, sans son intervention pour négocier notre protection, je ne suis pas sûr que je serais encore vivant aujourd'hui. À notre retour, on s'est retrouvés par hasard dans le quartier. On était voisins, tu te rends compte ?

— Trop de chance, je marmonne.

— Il était déjà en poste à la préfecture, et il s'est montré très généreux. Je lui ai même présenté Mme Ménard qui avait besoin de conseils et je crois qu'il l'a bien aidée. Je t'assure, tu te trompes, c'est un homme généreux.

— Sûrement.

— Et sinon, comment tu vas, toi ?

Je dévore le poulet fondant et les pommes de terre au four bien dorées que cuisine chaque dimanche la gouvernante de mon oncle, puis la tarte, avant de passer au café. Pendant le repas, j'en rajoute un peu sur ma vie malheureuse, sachant que mon oncle multipliera les paroles de réconfort que j'aime tant recevoir. Pour une fois, j'oublie de lui parler de l'immeuble et de mes fixettes sur mes voisins.

À Paris, à l'arrivée de l'automne, les soirées sont magnifiques. La lumière est belle sur les marronniers des Buttes-Chaumont, dont les feuilles roussissent. De retour du cabinet, j'entre dans le parc et m'assois sur un banc. Je réalise à quel point je suis chanceuse : je vis dans le quartier que j'aime, l'immeuble et l'esprit quasi familial qui règne entre ses locataires sont uniques.

J'en suis à ce stade de mes réflexions lorsque j'arrive dans ma rue. Je suis rattrapée par M. Marchand qui pousse fièrement un landau.

— Alors, ce petit Louis, on peut le voir ? lui dis-je en me penchant au-dessus du couffin.

Avant même de découvrir un minuscule bébé aux yeux boursouflés et totalement chauve, je m'extasie. C'est bien ce qu'il faut faire, non, quand on voit un nouveau-né pour la première fois ?

— Comme il est beau !

— C'est vrai. Et il est très sage.

— Comment va votre femme ? Pas trop fatiguée ?

— En pleine forme.

— Eh bien, dites-lui bonjour de ma part.

Mon humeur a brusquement tourné. Une fois chez moi, je me sens assez mal à l'aise. Est-ce que je culpabilise d'avoir passé les derniers mois à espionner mes voisins depuis la nuit de leur première dispute ? Ou est-ce parce que je n'ai pas su quoi faire ? Mais au bout du compte, depuis le dernier incident, il ne s'est plus rien produit. Ces temps-ci, à part le petit qui pleure beaucoup, le couple est très calme. Seul bémol : les mules à talons que Perla porte de jour comme de nuit et qui claquent sur le parquet. À part ça, franchement, tout va bien. Maintenant, il faudrait que je passe à autre chose. Par exemple, à mon dîner.

Je meurs de faim. J'ouvre mon réfrigérateur mais rien ne me tente. Je suis en train d'hésiter à ressortir pour aller au supermarché quand on sonne à ma porte.

— Markus ! Comment tu vas ?

— Très bien. Ça te dirait d'aller boire un pot ?

— Cool. Je n'ai pas dîné, je grignoterai un truc.

On s'installe au Kaskad, le bar qui fait face au Napoléon III, de l'autre côté de la place de la mairie. La population y est bien plus jeune et branchée. Markus est en pleine forme. Et j'apprends bientôt pourquoi. Jérôme et lui vont se marier. Je suis invitée à la mairie et au vin d'honneur qui aura ensuite lieu aux Chics Types !

— C'est hyper gentil de m'inviter, on ne se connaît pas depuis longtemps.

— Mais tu fais partie de la famille de l'immeuble.

— Merci, ça me touche. Et tes parents, ils vont venir d'Allemagne ?

— Non, ils n'approuvent pas. Ce sont des gens plutôt fermés, ils ne comprennent pas…

— Je suis désolée.

— Ne t'en fais pas pour moi, j'ai l'habitude. Par contre, ceux de Jérôme seront là. Ils sont super.

— Tu n'as pas des frères ou des sœurs ?

— J'ai une sœur, mais elle n'est pas sûre de pouvoir venir. C'est compliqué, chez nous, tu sais.

Markus se met à rire et me tapote la main, me signifiant qu'il préfère changer de sujet. Ce que je fais immédiatement.

10

Quelques jours plus tard, crevée après une grosse journée de travail, je somnole sur mon canapé quand je suis tirée de mon demi-sommeil par un bruit fracassant. Oh, non ! Les Marchand recommencent. J'avais tellement voulu croire que ce serait fini avec l'arrivée du bébé. La violence des hurlements du mari, les petits cris plaintifs de la femme sont déjà insoutenables, mais aujourd'hui, une troisième voix se fait entendre, celle du bébé dont les pleurs sont déchirants. Les portes claquent, j'ai l'impression que les murs tremblent sous le choc. J'écoute en priant pour qu'ils s'arrêtent et aillent réconforter leur enfant qui s'époumone. Mais leur conflit prend de l'ampleur. Maintenant, on dirait qu'ils se battent avec la porte. Comme si quelqu'un, Perla, je suppose, retenait le battant, pendant que son mari essayait d'en forcer l'ouverture. Je suis terrorisée. Je ne peux pas laisser faire. Je sors de chez moi en chaussettes et atteins le palier du cinquième. Personne ne répond quand je sonne chez Markus et Jérôme. Je m'approche donc seule du seuil des Marchand. À présent, l'unique son qui s'échappe de chez eux est celui du bébé qui continue de pleurer, mais dont personne ne vient s'occuper. Qu'est-ce qu'ils fabriquent ?

Il faut que je sache. Je sonne chez eux.

Rien.

Je recommence. Encore et encore.

Enfin, des pas. La porte s'entrouvre. Marchand me scrute d'un œil pas franchement aimable. Et je ne sais pas quoi lui dire.

— Pardon mais j'ai entendu des bruits et…

— Je suis désolé, c'est ma femme. Elle a fait sa crise. Si vous permettez, je dois aller m'occuper d'elle. Bonne soirée.

Je n'ai pas le temps de répondre, la porte se referme. Sa femme qui fait des crises ? Elle est bonne, celle-là.

Alors que je redescends les marches, j'aperçois la porte de mes voisins du quatrième entrouverte. Lou sort à ma rencontre.

— Qu'est-ce que tu fais là ? je lui demande.

— Ben et toi, qu'est-ce que tu fais en chaussettes dans l'escalier ?

— Rentre chez toi, d'accord ?

— Moi aussi je suis montée, tout à l'heure, et j'ai tout entendu. Elle a dit qu'elle le détestait, et lui qu'elle allait la fermer. Ils vont divorcer, tu crois pas ?

— Ce n'est pas de ton âge, tout ça. Ce sont des histoires de grands.

— Oui mais eux, ils vont divorcer, je te dis.

— Rentre chez toi, d'accord ?

Lou fait mine de protester quand Charlotte l'appelle du fond de l'appartement. À mon grand soulagement, elle me fait un petit signe d'au revoir avant de rentrer.

Cinq minutes après, on tape à ma porte. Le gars qui se tient sur le palier se présente. C'est M. Cohen, mon voisin du dessous.

— Dites-moi, Klein, ce n'est pas juif ?

C'est direct, comme question.

— Euh, non, pas que je sache.

Il semble soulagé.

— Parce que ça peut l'être, vous savez. Alors vous allez pouvoir m'aider. Vous pouvez m'accompagner, s'il vous plaît ? C'est juste pour nous allumer le gaz, pour réchauffer notre dîner, ça ne vous dérange pas ? C'est le shabbat.

Je me retiens de lui dire que je commence à bien connaître ses coutumes et je le suis.

— On n'a pas le droit de se servir de l'électricité.

— Et du gaz non plus ?

— Non, on n'a pas le droit d'allumer du feu, ou de produire l'étincelle électrique qui allume le gaz, vous comprenez ? Mais si un non-Juif le fait pour nous...

— D'accord, j'ai pigé.

— D'habitude on est chez mes parents, mais ma femme est fatiguée, aujourd'hui.

Leur appartement est très différent du mien : la cuisine des Cohen est fermée, et l'espace qui me tient lieu de salon correspond à leur chambre. À travers la porte entrebâillée, j'aperçois une commode sur laquelle repose un chandelier où brûlent deux bougies. À la lueur tremblotante des petites flammes qui éclairent seules la pièce, se dessine une forme allongée sur le lit. Une forme avec un sacré ventre. Encore une femme enceinte dans l'immeuble, je suis cernée !

— Et pour allumer la lumière, vous faites comment ?

— On a une minuterie.

— Ah, c'est futé !

Le plat posé sur la cuisinière me fait saliver. J'échangerais bien mes services contre un doggy-bag. Ce n'est qu'un poulet cuit avec des légumes et un bouillon de poule bien gras, mais qu'est-ce que ça sent bon ! Tandis que j'inspire discrètement, mon voisin s'impatiente. Il me raccompagne jusqu'à la sortie, me remercie et referme derrière moi.

De retour chez moi, je tends l'oreille. Il n'y a plus un bruit chez les Marchand. Même Louis s'est calmé. J'espère qu'il dort, maintenant. Pauvre gosse.

Les jours suivants sont heureusement beaucoup plus calmes. Seuls le bébé et les mules de Perla résonnent au-dessus de ma tête, surtout la nuit, ce qui me tape toujours autant sur les nerfs. Un matin, avant mon départ au cabinet, on sonne très tôt à ma porte. Rosa est affolée. Des mèches rebelles s'échappent du foulard qui coiffe ses cheveux et se dressent sur son front comme de petites cornes diaboliques. J'aurais envie de sourire et de les lui remettre en place si elle n'avait pas l'air si perdue.

— Margaux, viens m'aider ! Alphonse est encore tombé, et je n'arrive pas à le relever. Il est coincé sous son bureau !

Je la suis jusque dans la chambre d'Alphonse. Vêtu d'un caleçon long et d'un tricot de corps blancs, il est en position fœtale sous une lourde table de travail ancienne. Il bat des pieds et agite la tête, au risque de la cogner contre le plateau.

Rosa et moi, on s'agenouille devant lui.

— Tire sur ses pieds, je lui tiens la tête et les bras, dis-je.

Je me faufile près d'Alphonse sous le bureau et le prends par les poignets. Rosa lui attrape les chevilles et fait glisser son corps sur le parquet pendant que je le pousse. Puis on l'aide à se relever, avant de le guider jusqu'à son lit pour qu'il reprenne ses esprits.

C'est la première fois que je visite sa chambre. Des étagères remplies de livres recouvrent un mur entier. L'énorme bureau en bois sombre, dont le plateau est décoré par un large pan de cuir bordeaux, est muni de chaque côté d'une série de tiroirs en guise de pieds. Deux lourds rideaux marron obstruent la lumière que la grande fenêtre au vieux cadre en bois devrait laisser pénétrer. Le petit lit une place est sens dessus dessous. Couvertures et drap s'entremêlent, oreillers et coussins sont jetés en désordre. La table de chevet est recouverte d'un napperon blanc, dissimulé par un fouillis de verres, stylos, carnets et mouchoirs chiffonnés.

Alphonse, secoué par sa chute, nous adresse le sourire le plus effrayant que je lui connaisse. Rosa pose la main sur son front d'un geste apaisant.

— Tout va bien, tout va bien, respirez un bon coup.

Elle pousse un profond soupir.

— Merci, Margaux, je n'y serais jamais arrivée toute seule.

On sonne à l'Interphone. Rosa me fait signe de patienter et se dirige vers la porte. Je suis moyennement rassurée. Je ne me suis jamais retrouvée seule avec Alphonse dans une pièce. En plus, dans sa chambre à coucher.

Assis sur son lit, il me regarde toujours avec son sourire d'illuminé. Je m'installe sur la chaise placée à son chevet et observe de plus près le bric-à-brac qui encombre la tablette. Sur un petit cahier ouvert, plusieurs paragraphes ont été griffonnés en pattes de mouche et j'arrive à déchiffrer certains mots. Il est question de Perses. Je me souviens qu'Alphonse était professeur d'histoire. Est-ce que ce serait l'ébauche d'un livre ? D'un article ? Ou simplement les divagations d'un vieux fou ?

— J'ai faim, déclare Alphonse. Je vais manger. Vous m'accompagnez ?

Il se lève d'un bond. L'homme vacillant que nous avons sorti de sous son bureau quelques minutes plus tôt se met à marcher d'un bon pas vers la cuisine. On croise Rosa devant la porte d'entrée, qui discute et plaisante avec le facteur, venu lui faire signer un recommandé. Elle ne nous prête aucune attention. Ces deux-là ont l'air de bien se connaître. Je comprends Rosa. Quelle déprime de passer ses journées avec Alphonse. Le facteur, un rasta à lunettes aux avant-bras tatoués, est bien plus sympathique.

Au moment où j'entre dans la cuisine, je vois Alphonse saisir un couvert dans le tiroir avec une agilité incroyable. Un couteau ! Je reste pétrifiée, incapable d'émettre un son. Il le lève bien haut et me lance son sourire de psychopathe de slasher.

— Vous partagez ma brioche ? demande-t-il.

Quand Rosa arrive, elle me trouve un peu pâle. J'ai encore les jambes qui tremblent. Elle prend une part de brioche avec nous et je la charrie sur le facteur.

— Le charme des hommes antillais ! dit-elle la bouche pleine. Je suis africaine, mais leur petit accent me fait craquer.

— Tu es de quel pays ?

— Je suis française, et fière de l'être. Mais je suis née en Côte d'Ivoire. Je suis venue ici toute petite. Mon premier mari était martiniquais.

— Tu es divorcée, alors.

— Oui, trois fois.

Rosa s'esclaffe. Tout à coup, je découvre une femme que je ne soupçonnais pas. La petite créature souvent grognon, discrète, le cheveu toujours en pétard, serait en réalité une briseuse de cœur ? Une femme aux trois maris ?

— Et aujourd'hui, tu es mariée ?

— Pour la quatrième fois ? C'est une blague ! Je crois que je vais m'arrêter là. Enfin, sauf si Denis arrive à me faire changer d'avis…

— Denis ?

— Le facteur !

— Ah. Ben dis donc, je vais venir te demander des conseils, moi.

J'adore le rire lumineux de Rosa, quand il retentit, léger et musical, dans la cuisine d'Alphonse.

Lui ne nous prête aucune attention, comme s'il ne nous entendait pas. Il est en train de lire une petite affiche fixée à son réfrigérateur par un magnet représentant la tour Eiffel. C'est une liste de toutes les fêtes religieuses. Il suit du doigt chaque mot avant d'aller à la ligne. Je peux partir tranquille, maintenant.

En remontant les marches jusque chez moi, je tombe sur Teresa en train de nettoyer la cage d'escalier. Elle marmonne un bonjour, tête baissée. À part Marc Marchand, elle est la seule personne que je connaisse qui parle avec Perla. Je ne peux pas laisser passer l'occasion.

— Teresa, vous avez vu les Marchand, ces derniers jours, vous savez s'ils vont bien ? Vous aussi, vous les entendez, la nuit ?

— Je ne sais pas de quoi vous parlez, répond-elle, et elle commence à descendre l'escalier.

— C'est votre amie, non ? Elle vous a dit ce qui se passait ? Elle a besoin d'aide ? Je peux…

Mme Ménard apparaît brusquement devant nous, sourcils froncés.

— Mademoiselle Margaux, vous allez bien ? Allez, Teresa, file, tu n'as même pas commencé à nettoyer au 5. Et à mon attention : Ces petites jeunes, quelles flemmardes. Rien à en tirer.

La gardienne est interrompue par la sonnerie de son portable et s'éloigne pour répondre. Sauvée. De toute façon, Teresa, avec son air de chien battu terrorisé, ne dira rien. Et au fond, ce n'est sûrement pas elle qui pourra aider Perla, elles ont l'air aussi larguées et isolées l'une que l'autre.

À mon arrivée au cabinet, plus tard ce matin-là, je retrouve Juliette et Nicolas qui prennent un café rapide. Juliette est folle de joie : Cyril l'emmène en week-end à Lisbonne. C'est la première fois qu'ils vont quitter Paris ensemble et passer plus d'une soirée tous les deux. Je devrais me réjouir pour elle, mais en fait ce voyage m'inquiète. Dans quel état d'esprit est-ce qu'elle reviendra ? Encore plus amoureuse ?

Pleine d'illusions ? Mais je suis trop obsédée par mes propres problèmes pour approfondir. Je raconte à Juliette et à Nicolas mes derniers déboires avec les Marchand et leur demande conseil. Nicolas est très ferme : je dois me mêler de mes affaires. Si cette femme a réellement des problèmes avec son mari, elle s'adressera à sa famille ou à une amie.

— Mais elle n'a pas de famille, ici, et je ne sais même pas si elle a des amis ! La seule personne à qui elle parle est aussi effrayée et renfrognée qu'elle.

— C'est qui ?

— La fille qui travaille pour la gardienne. Elles viennent toutes les deux d'un pays de l'Est. Peut-être que c'est le même, d'ailleurs. En tout cas, entre elles, elles discutent ferme.

— Alors, tu vois, elle n'est pas seule, insiste Nicolas qui retient un bâillement. Et puis, avoir un bébé, ça secoue un couple, surtout au début. Ça va se tasser.

— C'est vrai que tu t'y connais vachement, en bébé, remarque Juliette, avant de prendre conscience de sa gaffe. Excuse-moi, Nicolas, je…

— Je sais, tu mets les pieds dans le plat, comme d'habitude. Même si je n'ai pas d'enfants, j'ai le droit de prononcer le mot « bébé », non ? Et d'exprimer mon avis ?

— Oui, bien sûr, désolée. Surtout que je suis mal placée pour te faire la remarque. Mais ce que je voulais dire, Nico, là où je ne suis pas d'accord avec toi, c'est que si on n'aide pas ses propres voisins, alors qui le fera ? Non, moi je pense que si ça se reproduit, Margaux, tu dois faire quelque chose.

À mon retour, le soir vers 19 heures, je découvre Lou et Alphonse assis sur les marches du palier du deuxième étage. Lou a posé une Barbie au look complètement déjanté sur les genoux d'Alphonse : cheveux hirsutes verts, oreilles de chat, dents de vampire. Elle en tient deux autres dans chaque main et les fait se battre. L'une, qui ressemble à un zombie, a la tête rasée, et toutes les deux n'ont ni pieds ni mains.

— Tiens, Vampilora, prends ça, paf !

Alphonse rigole et les yeux de Lou brillent d'excitation et d'une lueur de sadisme. Elle interrompt sa partie de catch manchot pour me regarder. Son visage s'éclaire, il est presque charmant.

— Salut, tu veux jouer avec nous ?

Alphonse me sourit avant d'éclater de son rire sinistre, bouche grande ouverte. J'ai envie de faire demi-tour direct. J'aurais pu y penser : ces deux-là sont faits pour s'entendre.

— Merci, mais je suis crevée. Tes parents savent que tu es là ?

— Oh, tu sais, à cette heure-là, papa est pas encore rentré du travail et maman donne le bain à Petit Asticot. Personne ne s'occupe de moi.

— Et Alphonse, où est Rosa ?

Il pose de nouveau son index sur sa tempe et le tourne pour me signifier tout le bien qu'il pense de sa garde-malade. Parfois, cet immeuble me fatigue. Vivre ensemble à ce point peut être vraiment pesant. Je suis obligée d'aller prévenir Rosa, qui est occupée à réchauffer le dîner. J'ai l'impression qu'elle fait semblant de ne pas être au courant et de se fâcher. Je crois que je l'ai surprise en flagrant délit de négligence. Rosa a besoin de respirer, elle aussi, mais j'en ai un peu marre de gérer les fugues d'Alphonse.

Arrivée au quatrième étage, j'entends le violon de Victoire. Depuis qu'elle a réussi à convaincre Guy de lui louer sa petite chambre, elle y répète souvent. Au moins, monter l'écouter me détend. Je reste sur le seuil puisque Guy n'a accepté d'enlever que les cartons qui encombraient l'entrée. Il n'y a de place que pour Victoire, son violon et son pupitre. Elle me fait un clin d'œil lorsqu'elle m'aperçoit et poursuit son morceau.

Quelques minutes plus tard, je sens une présence à côté de moi. C'est Guy. Il a l'air tout ému. Je ne l'imaginais pas si sensible.

— Quel talent ! me chuchote-t-il à l'oreille.

Quand Victoire termine son morceau, il applaudit comme un fou et répète « bravo » une bonne dizaine de fois.

— Magnifique ! Magnifique ! Qu'est-ce que c'était ?

— *Deuxième partita* de Bach en ré mineur, sarabande, répond Victoire en esquissant une révérence.

— Ah oui, évidemment, répond-il.

C'est au tour de Charlotte de nous rejoindre.

— Qu'est-ce que tu as fait de tes enfants ? je lui demande.

— Alexandre est rentré, je le laisse se débrouiller, me chuchote-t-elle à l'oreille.

À nous trois, on obstrue totalement l'entrée de la pièce. Aussi, lorsque Théo, l'étudiant qui vit à côté et qu'on ne voit jamais, tente de passer la tête, il ne peut compter que sur sa grande taille pour apercevoir Victoire. Elle s'est surpassée pour nous ce soir. Enfin, moi, je n'y connais rien, mais j'ai l'impression qu'elle est très douée. Et Guy est de mon avis. Théo, c'est différent. Je ne sais pas s'il aime le violon, mais il est raide dingue de Victoire. Guy, qui sent sa présence dans son dos, pousse des soupirs d'agacement.

— Vu le succès de Victoire, vous allez devoir enlever d'autres cartons, lui dis-je.

— Et puis quoi, encore, c'est un immeuble, ici, pas une salle de spectacle. Allez, ça suffit, tout le monde rentre chez lui, laissez l'artiste travailler ! dit-il en agitant les bras.

— Ne vous inquiétez pas, Guy, j'ai terminé pour ce soir, annonce Victoire. Mais c'est vrai que je suis un peu à l'étroit.

Guy marmonne des paroles incompréhensibles, tourne le dos et s'en va.

— Vous allez voir, il va me faire de la place, nous dit Victoire. Je commence à bien le cerner, ce gars-là.

11

On est samedi soir, il est plus d'1 heure du matin, et ce que je redoutais vient d'arriver : une dispute si violente que j'ai cru que Marchand allait tuer sa femme. Ils ont même réussi à réveiller leur fils qui s'est mis à hurler. Moi aussi, ils m'ont brutalement tirée du sommeil. Markus et Jérôme sont en week-end et je me sens très seule. Folle d'inquiétude, mais aussi de rage, j'appelle la police.

Une demi-heure plus tard, deux gendarmes débarquent chez moi et me posent un tas de questions. Ils veulent tout savoir sur mes voisins : si je les connais bien, depuis combien de temps je les entends, à quelle fréquence, si d'habitude ils se battent ou si ce ne sont que de grosses engueulades… C'est surréaliste de se retrouver dans ce genre de situation, et j'essaie quand même de répondre du mieux que je peux.

— Mais vous arrivez trop tard, dis-je pour finir, là, il ne se passe plus rien.

— On va aller voir.

— Dites... Je préférerais qu'il ne sache pas que c'est moi qui...

— Ne vous inquiétez pas.

Je laisse ma porte entrouverte et, toute tremblante, je tends l'oreille.

Ils sonnent puis tambourinent jusqu'à ce que Marchand ouvre. Je n'entends pas ce qu'ils se disent mais la conversation reste très posée. Le ton de mon voisin est poli, voire rassurant, comme s'il était de bonne volonté et que tout allait bien. Et puis c'est au tour de Perla de répondre, d'un filet de voix hésitant, plaintif. C'est grave : elle a l'air de s'excuser ! Alors j'ai fait venir les flics pour rien. J'entends déjà mes potes me dire : « On t'avait prévenue. » C'est quoi le problème ? Il faut attendre qu'elle soit assez amochée pour la retirer des pattes de ce psychopathe ?

La porte se referme, les deux policiers repartent. J'attrape mes clés et les suis jusque dans l'entrée de l'immeuble.

— Alors ? Qu'est-ce qui se passe ? Comment elle va ?

— Elle n'avait aucune blessure apparente et tous les deux ont affirmé qu'ils s'étaient juste disputés un peu fort, mais que tout allait bien.

— Un peu fort ? Alors on ne peut rien faire, c'est ça ?

— J'espère que notre visite va recadrer le mari.

— Ouais, comme d'hab', intervient son collègue. Ça les calme cinq minutes et ils recommencent.

N'hésitez pas à nous rappeler, mademoiselle, et merci de l'avoir fait. Y en a marre d'arriver trop tard, vous comprenez ?

Non, je ne préfère pas...

— Tant que la femme ne veut pas porter plainte, on ne pourra pas agir, reprend le premier policier. Essayez de lui parler, ça pourrait la sauver.

— Qu'est-ce qui se passe ici ? grogne tout à coup Mme Ménard qui sort de sa loge.

Merde, elle va savoir que c'est moi... Elle va me dénoncer. Je vais me faire casser la gueule.

— Ces messieurs de la police sont venus chez les Marchand et je voulais savoir s'il y avait un problème.

Mon mensonge improvisé me surprend moi-même. Tu parles, j'ai tellement la trouille !

— Tapage nocturne, répond le second policier, celui qui semble le plus empathique.

Il a dû voir mon air terrorisé.

— Bagarre, aussi, ajoute le premier. Si vous entendez des bruits suspects, prévenez-nous. Bonsoir, mesdames.

Les deux hommes montent dans leur voiture garée en double file et s'en vont.

Mme Ménard m'observe. Je peux m'estimer heureuse qu'Elvis, contrairement à Louis, fasse ses nuits.

— Quoi ?

— Qu'est-ce que c'est que ces histoires ?

— Je ne sais pas...

— Du tapage nocturne ? Ce gentil M. Marchand ? Qu'est-ce qu'il faut pas entendre. Dans cet immeuble, ça n'arrive jamais.

— Pourtant, moi aussi j'ai entendu…

— Arrêtez avec vos histoires et retournez chez vous. C'est un endroit respectable, ici.

Je me sauve aussitôt dans les étages et, arrivée chez moi, ferme ma porte tout doucement, de peur que Marchand m'entende. Chez eux, il n'y a plus un bruit.

Les jours suivants, je me sens épuisée et totalement angoissée. Mais je n'entends plus rien. La descente de police aurait-elle été efficace ? En tout cas, Marc Marchand n'est pas venu me régler mon compte, et je commence à respirer de nouveau. C'est ce que j'explique à Victoire, à qui je suis allée tout raconter. Elle trouve que j'ai eu raison et m'assure de son soutien. Rassurée, je m'apprête à la remercier lorsque quelqu'un frappe à sa porte.

— Désolée, me dit-elle, j'attends Guy.

— Ah bon ? Pourquoi ?

— Il va débarrasser ses cartons. Qu'est-ce que je t'avais dit ! On doit les mettre à la cave. J'ai demandé à Markus de venir nous aider. Mais reste avec nous, ça ira encore plus vite et ça te changera les idées.

Mon quart d'heure d'apitoiement est terminé. Avec Victoire, le drame ne dure jamais, la vie reprend ses droits. Ce qui n'est peut-être pas si mal.

Guy et Markus sont arrivés en même temps. Nous montons ensemble jusqu'au sixième.

— Ce qui serait idéal, c'est que j'aie assez de place pour une petite table. Et puis quelques chaises pour mon public. Markus et Jérôme en ont au moins quatre qui ne leur servent à rien, pas vrai, Markus ?

— Carrément. Elles sont à la cave, on n'aura qu'à les remonter.

Guy a l'air de plus en plus nerveux.

— Bien sûr, on augmente le loyer, le rassure Victoire. Et vous viendrez m'écouter souvent, quand je ne ferai pas mes gammes.

— Allons-y, alors. On enlève mes affaires jusqu'à ce que vous ayez assez de place, finit-il par lâcher.

— Formidable ! s'écrie Victoire en battant des mains.

— Il y a aussi des sommiers, remarque Markus. Et des meubles. Quelqu'un a vécu ici ? C'était loué ?

— Ah, ça... Si je vous disais...

— Racontez-nous ! demande Victoire.

— Mon grand-père, celui qui était le propriétaire de la quasi-totalité de l'immeuble, était aussi un grand résistant. Il louait pas mal d'appartements, notamment à une famille juive. Pendant la guerre, vos compatriotes ont fait des rafles, dit-il en jetant un regard mauvais à Markus.

— À Paris ? Mais c'était la police française qui les organisait, intervient Victoire.

— Peu importe, réplique Guy en balayant l'air de la main. En 42, ils sont venus arrêter toute la famille en question. Mon grand-père a récupéré les deux garçons chez lui pour les cacher mais les parents se sont fait prendre avec la petite dernière. Elle n'avait même pas un an.

Il lance de nouveau un regard noir à Markus, comme s'il était responsable.

— Il a gardé les deux gamins ici, dans cette chambre, jusqu'à la fin de la guerre.

— Incroyable ! Votre grand-père était un héros ! je m'exclame.

— Eh ouais.

— Et qu'est-ce qui s'est passé, après ?

— Les parents et le bébé sont morts en déportation. On a retrouvé un oncle qui avait survécu, lui et sa femme ont pris les petits. Ces ingrats, on n'a plus jamais eu de nouvelles.

— Ils étaient très jeunes, non ?

— Je ne sais pas. Enfin, mon grand-père aussi a disparu. En 1947, il est parti en URSS, comme on disait à l'époque. Il était communiste et le parti l'a envoyé là-bas. Il n'est jamais revenu.

— Vous savez pourquoi ? demande Markus.

— D'après mon père, c'était un espion, ils ont dû l'arrêter et le laisser croupir au goulag. Mais d'après ma grand-mère, il en a eu marre d'elle et de leur tripotée de gosses, et il s'est barré avec une belle Ruskof.

— Et vous, qu'est-ce que vous en pensez ?

— Aucune idée. Pour moi, les nazis ou les cocos, c'est pareil. Ils l'ont sûrement descendu. Dommage, j'aurais aimé le connaître.

Je n'ai pas vraiment écouté l'histoire du grand-père de Guy. Celle des deux enfants juifs m'a émue et je ne regarde plus la pièce de la même façon. J'imagine les deux gamins enfermés pendant plus de deux ans dans ce petit espace confiné, glacé l'hiver et brûlant l'été ; tout seuls avec leurs peurs, sans la protection de leurs parents. Victoire me sort de mes réflexions en me prenant la main. Elle aussi a l'air impressionnée.

— Assez parlé de l'aïeul. On ne va pas passer la nuit ici, alors au boulot, les jeunes, déclare Guy.

12

Ce matin, en sortant de chez moi, j'arrive à l'angle de la rue Armand-Carrel et de la mienne quand j'aperçois un homme qui me semble familier. On dirait le beau gosse de la piscine ! Visiblement, il me reconnaît, lui aussi.

— La nageuse ? me demande-t-il, tout sourire.

— Celle qui a failli t'assommer, oui, c'est bien moi.

— Tu habites dans le quartier ?

Mon cœur s'est accéléré et j'ai peur d'avoir rougi.

— Non... Enfin, oui. J'habite cette rue.

— Incroyable, moi aussi ! Où ça ?

— Ici, dis-je en pointant mon immeuble du doigt.

— Je vis juste en face. C'est dingue, c'est la première fois que je te vois. Moi, c'est Mathieu.

— Oui, je sais... Moi, c'est Margaux.

Sans ses lunettes de piscine, son bonnet et sa tête pleine de mousse, Mathieu est encore plus sexy. Il n'est pas beaucoup plus grand que moi, ses cheveux sont châtains, il porte des lunettes qui cachent à peine de beaux yeux sombres. Son blouson en cuir lui va bien, son jean noir aussi.

— Je suis mieux qu'en maillot, c'est ça ?

Cette fois, plus la peine de douter, je suis écarlate.

— J'aime bien ta coiffure. C'est joli, sans le bonnet, enchaîne-t-il, et je le remercie intérieurement de m'avoir sortie de ces secondes malaisantes.

On se sépare cinq minutes plus tard après qu'il m'a proposé de le retrouver le soir même au Kaskad. J'ai envie de hurler de joie. Je me retiens d'appeler Aurélien pour lui annoncer que j'ai un rancard, mais Nicolas et Juliette sont tout de suite mis au courant. Ils sont hyper contents, on dirait presque qu'ils sont soulagés, c'est vexant.

La journée passe trop lentement, je suis super excitée et moyennement empathique avec mes patients. Je ne fais même pas la morale à Mme Renaud, quatre-vingt-dix ans, qui n'en fait qu'à sa tête et s'est tordu la cheville en descendant d'un tabouret. Je lui ai pourtant interdit mille fois de monter dessus pour nettoyer ses placards ou changer une ampoule, mais elle ne m'écoute jamais. « J'arrêterai quand je serai vieille », me dit-elle chaque fois. En général, je lui explique tout ce qu'elle risque en cas de chute mais aujourd'hui, je ris bêtement quand elle me raconte comment elle a sauté du tabouret qui vacillait.

Je rentre chez moi pour me préparer, et alors que je sèche devant ma penderie, on sonne à la porte. Si c'est Rosa, je lui dis d'aller demander de l'aide à quelqu'un d'autre. Si c'est Victoire, elle pourra m'aider à choisir mes fringues.

Lou, la petite fouine. Son visage très pâle, sa moue boudeuse, ses yeux impertinents.

— Salut.

— Lou, qu'est-ce que tu veux ? dis-je d'un ton sec.

— Papoter.

— Écoute, désolée, je dois me préparer. J'ai un rendez-vous et je ne suis même pas habillée. Salut.

— Tu es très bien avec ton jean, même s'il est pas déchiré. Par contre, ta coiffure et ton maquillage... Houlà, faut qu'on en parle. Tu vas où ?

— De quoi je me mêle !

— Si tu ne veux pas me le dire, c'est que tu as rendez-vous avec un amoureux !

Lorsque j'ai enfin pu m'en débarrasser et que je me plante de nouveau devant ma penderie, je me rends compte qu'elle n'a pas complètement tort : je suis parfaite ! C'est juste un verre après le travail. Et Mathieu ne doit pas s'imaginer que je me mets en quatre pour lui.

Le bar est bondé, il n'est pas encore arrivé. Je trouve une petite table en terrasse sous la verrière. Nous n'avons même pas échangé nos numéros. Et s'il avait un empêchement ? Il ne pourrait pas me prévenir. Je me souviens de cette scène, dans *Un éléphant, ça trompe énormément,* l'un des films préférés de mon oncle, où la jeune femme à qui Jean Rochefort pose un lapin au restaurant se soûle toute seule devant une assiette vide jusqu'à la fermeture. Je m'imagine à sa place, après des heures d'attente et un nombre incalculable de bières… quand quelqu'un s'assoit en face de moi. Mathieu ! Il est essoufflé et s'excuse pour son retard. Il travaille loin du 19e. Il est professeur dans une école d'art. Et même plusieurs. L'une est à Boulogne, l'autre à Nancy. Mais surtout, il est intelligent, drôle, et j'ai l'impression de le connaître depuis toujours. Je suis totalement sous le charme.

Au moment où il me propose de prendre un autre verre, je sens une présence de l'autre côté de la vitre, sur le trottoir. Victoire, son étui à violon sous le bras, me fait de grands signes avant de disparaître. Elle se pointe cinq secondes plus tard à notre table.

— Salut ! Je ne vous dérange pas ? Tu es un pote de Margaux ?

Victoire s'assoit à côté de Mathieu et je fais les présentations en ressentant un petit pincement de contrariété.

Comme d'habitude, elle est magnifique, ce soir. Elle sort d'une répétition et se lance dans une longue description de sa journée. Sa beauté, sa vie palpitante… Tout d'un coup, je me sens banale, avec mes cheveux pâles, mon corps grassouillet et ma vie de chiropractrice. Mathieu la regarde, subjugué, pendant qu'elle parle sans s'arrêter, en plongeant ses yeux dans les siens. Ses filets sont lancés pour emprisonner le cœur de celui que je tentais péniblement de séduire cinq minutes plus tôt.

À 23 heures, alors que j'ai bu trois bières et mangé des tonnes de cacahuètes, on quitte le Kaskad pour retourner tous les trois rue Cavendish.

— Tu es à quel étage ? me demande Mathieu.

— Quatrième, et toi ?

— Cinquième. Côté rue.

— Moi aussi.

— T'inquiète, j'en profiterai pas pour t'espionner !

— Ça ne me dérange pas, dis-je avec toute l'assurance de l'alcool.

— Bonne nuit, alors. On se revoit bientôt ?

— Avec plaisir.

— Salut, Mathieu ! claironne Victoire, sur le seuil de notre immeuble.

J'entre derrière elle, le battant se referme en claquant. Au moment où j'allume, la porte de Mme Ménard s'ouvre à la volée. Elle porte un peignoir violet d'un goût douteux, genre patronne de bordel. Ce qui détonne, c'est son air furieux. À ses côtés, Elvis grogne, babines retroussées ; ses petits yeux enfouis dans son horrible gueule toute plissée sont braqués sur moi.

— Ah, c'est vous, dit-elle en nous scrutant de haut en bas.

Elvis montre les crocs de manière presque inquiétante.

— Désolée pour le bruit, dis-je. Vous pouvez retenir votre chien ? Il va attaquer.

— Au pied ! hurle-t-elle. C'est tous les soirs la même chose. Les gens s'en fichent, de crier et de me réveiller. Et le syndic ne fait rien pour réparer cette porte. Parlez-en à votre oncle, mademoiselle Margaux, il est propriétaire, après tout.

Lorsqu'elle fait volte-face pour rentrer dans sa loge, son chien la suit à reculons ; il continue de me fixer en jappant. J'aperçois dans la main de la gardienne un gros bâton qu'elle tient plaqué derrière son dos. Elle avait l'intention de nous matraquer, la tarée ?

— Elle l'a toujours avec elle la nuit, m'explique Victoire, une fois la porte de la loge refermée. S'il y a un intrus, elle est prête à lui taper dessus, c'est elle qui me l'a dit ! On est bien gardées. Allez, viens, on monte.

On s'arrête au deuxième, Victoire sort sa clé puis se tourne vers moi.

— Il est pas mal, ce Mathieu. Tu le connais depuis longtemps ?

— Non, c'est la première fois qu'on prenait un pot ensemble.

— J'ai interrompu un rendez-vous, alors ?

— Non… Oui. Je ne sais pas.

— Oh, Margaux, sois simple. Il te plaît ?

— Grave.

— Alors, qu'est-ce que tu attends ?

— Qu'on soit tous les deux.

On éclate de rire, Victoire pose sa main sur mon bras.

— Ce mec est vraiment cool, fonce.

— Je suis d'accord avec toi, mais j'ai la trouille.

— Mais de quoi ? Tu lui plais aussi, c'est sûr. Rien qu'à voir comment il te regardait, c'était... mignon. Alors, qu'est-ce qui te retient ? Amuse-toi un peu, profite. Écoute, Margaux, les hommes, c'est comme des pâtisseries, ça se dévore.

Si seulement je pouvais voir les choses à sa façon. La personne qui risque de se faire dévorer, c'est moi. Et je ne suis pas sûre de m'en remettre la prochaine fois.

Victoire me serre dans ses bras et pénètre dans son appartement.

Une fois chez moi, je vais directement dans ma chambre pour fermer les volets... et essayer de voir où habite Mathieu. Je sursaute. Il est appuyé à la rambarde de son petit balcon, un étage plus haut et quasi en face de mon appartement. Il me fait un petit signe de la main, que je lui rends. Puis chacun ferme ses volets.

— Yes ! dis-je en levant le poing.

Cette nuit-là, impossible de m'endormir. Je songe à Mathieu, je me demande ce qu'il pense vraiment de moi, si je lui ai plu, si Victoire a raison... Et ainsi de suite, pendant deux heures. Je finis par me lever et, machinalement, j'entre dans la chambre d'amis, à côté de la mienne. Je me poste devant la fenêtre et scrute celles de Mathieu. Tout est noir. Je baisse les yeux, attirée par une lumière au deuxième étage de son immeuble.

Et c'est là que je le vois.

Le satyre.

L'homme, entièrement nu, me fixe du regard. Collé devant la vitre, il se masturbe avec l'énergie d'un grand malade. Je crie et pars en courant. Victoire m'avait pourtant prévenue.

Octobre

13

Quelques jours plus tard, en fin de journée, je sonne chez les voisins. Charlotte m'ouvre, son fils dans les bras. Gabriel a la bouche barbouillée de purée. Son bavoir en est maculé, et son sourire me fait craquer, jusqu'à ce qu'il tende vers moi ses petits doigts potelés tout poisseux et saisisse la manche de mon chemisier. Charlotte et moi, embarrassées, on fait semblant de ne rien voir.

— Je suis désolée de venir pendant le dîner du petit, mais il faut que je te parle de quelque chose, loin des oreilles innocentes, dis-je en pointant son fils du doigt.

— C'est si grave que ça ? Attends, je vais demander à Lou de finir de lui donner à manger.

Je ne sais pas si c'est une très bonne idée, mais admettons. La petite fouine, qui était dans sa chambre, se matérialise dans la seconde à côté de Charlotte.

— Moi aussi j'aimerais bien savoir, dit-elle de sa voix rauque.

— Ma puce, emmène ton frère dans la cuisine, s'il te plaît.

— Oh, ça se fait pas ! s'insurge la fouine.

— Margaux, entre, on va s'installer dans le salon, continue Charlotte en ignorant sa fille.

La pièce possède un immense canapé moelleux et une belle table basse aux lignes ultramodernes et design. Elle donne sur la rue. Je m'enfonce dans le canapé.

— Tu veux boire quelque chose ?

— Non, merci, je ne vais pas te déranger longtemps.

— Moi je boirais bien un petit verre. Tu m'accompagnes ?

Charlotte nous sert du vin d'une bouteille déjà ouverte.

— Voilà. Je ne sais pas si tu es au courant, mais il y a un exhibitionniste, en face de chez nous. Victoire m'en avait parlé. Alors, tu imagines, pour Lou...

— Je sais, je le connais. Ce type est taré. Tu sais qu'il est marié et père de famille ? Tard le soir, quand tout le monde est couché, il allume les lumières et se met tout nu devant sa fenêtre. Si par malheur il aperçoit une voisine, il lui fait son show.

— C'est dégueulasse !

— Oui. Mais surtout ne t'inquiète pas pour Lou. Sa chambre donne sur la cour, et la nuit, elle dort. Enfin, je crois ! dit-elle en riant.

— Et on ne peut rien faire ?

— Si, sûrement, mais qui a envie de s'en occuper ? Toi ?

Je ne vais pas expliquer à Charlotte que je me suis déjà occupée de Perla sans résultat. D'ailleurs, ce n'est pas entièrement exact. Perla n'a peut-être rien dit aux policiers, mais Marchand a sûrement eu peur. Depuis cette nuit, je n'ai rien entendu.

Charlotte me regarde, attendant ma réponse.

— Non, non, je vois ce que tu veux dire.

— J'ai demandé à mon mari d'aller trouver ce mec, mais il m'a répondu que j'exagérais, que je n'avais qu'à pas regarder par la fenêtre tard le soir.

— Ah, sympa.

— Eh oui, les mecs..., dit-elle en soupirant. Et sinon, je suis désolée, j'ai cru comprendre que Lou était venue chez toi plusieurs fois quand je donnais le bain à son frère. Je lui ai interdit de te déranger.

— T'inquiète, elle ne me dérange pas. Si c'est le cas, je lui dirai. Au fait, tu savais qu'elle était très pote avec Alphonse ?

— Ça peut paraître bizarre, mais elle le connaît depuis qu'elle est née. Elle l'aime beaucoup, un peu comme un grand-père loufoque. Tant qu'il n'est pas dangereux... Alexandre était inquiet, quand Alphonse a perdu sa sœur. Il ne voulait plus que Lou aille le voir. Il a parlé à son médecin. Alphonse est tout sauf dangereux. Et puis Lou le voit rarement, pas de quoi s'angoisser.

Visiblement, Charlotte n'est pas au courant de ce que fait sa fille à l'heure du bain de Gabriel… Est-ce que je dois cafter ?

— On parle de moi ? intervient Lou.

Elle sort de la cuisine en tenant par la main son frère dont les cheveux sont pleins de purée.

— Margaux, tu veux voir ma chambre ?

C'est une jolie pièce aux murs rose pâle, où les livres et les peluches jonchent le sol. Une chambre normale, quoi. Bizarrement, je m'attendais à trouver des murs rouges ou noirs, des squelettes en plastique et d'autres trucs horribles, mais j'oublie que cette enfant a des parents qui veillent sur elle. Sur ses étagères, elle a posé toute une série de poteries.

— C'est toi qui les as faites ?

— Oui, maman voulait que je m'exprime artistiquement, c'est ce qu'elle a dit.

— Et ça te plaît ?

— C'est nul.

— Et c'est pour ranger quoi, cette jolie boîte ?

— Ça ? C'est pas une boîte, c'est un cercueil.

Lou se faufile jusqu'à son bureau, recouvert d'un bazar incroyable, griffonne sur un petit bout de papier et le plie avant de me le glisser dans la main. Puis elle colle son index sur sa bouche et murmure un « chut » discret.

De retour chez moi, je déplie la feuille en me demandant quelle mauvaise blague elle m'a faite. Tracés d'une écriture penchée, à l'encre verte, les quatre mots rédigés par Lou me font sursauter :

Ou et madame Marchan ?

Qu'est-ce qu'elle veut dire ? Le couple ne se dispute plus, c'est tout. C'est même génial. Il faut que je rassure Lou. Que je lui explique que la crise du couple est terminée. Pour une fois, la fouine m'attendrit…

Ce soir-là, je me couche dans un silence presque total. Quel pied ! C'est vrai qu'on ne les entend pas, même les mules de Perla ne claquent plus sur le parquet. Je suis fière de moi, finalement. Les effrayer un peu en leur envoyant la police les a calmés.

À mon réveil, le lendemain matin, je me sens en forme et m'étire dans mon lit. Tout va bien, même le bébé fait ses nuits. La vie reprend son cours, et je vais pouvoir me concentrer sur Mathieu.

Le dimanche, alors que le ciel est bleu et le soleil encore haut, je pars marcher dans le parc et m'arrête prendre un café au Rosa Bonheur. J'adore cet endroit. Sa déco rose vif et kitsch, la clientèle plutôt sympa qu'on rencontre aux beaux jours en partageant les grandes tables communes, les fêtes du dimanche soir… Tiens, il faudrait qu'un soir j'aille danser avec Mathieu ! OK, je m'emballe un peu.

Il est à Nancy en ce moment, mais on n'arrête pas de se texter. Des messages assez chauds, dont je ne me croyais plus capable. On a prévu de se voir dès son retour. Alors que je suis en pleine rêverie érotique en imaginant notre prochain rendez-vous, j'aperçois par la vitre Marc Marchand poussant un landau. Louis doit avoir deux mois, maintenant. Ce père adore son fils. Il a l'air tellement fier. D'ailleurs, c'est toujours lui que je vois promener le bébé. Et Perla ? Où et quand est-ce que je l'ai vue pour la dernière fois ? J'ai beau réfléchir, mon souvenir le plus récent remonte au jour où j'ai appelé les flics. Je pense alors au mot de Lou. Tout ça n'a aucun sens. On peut vivre des mois sans croiser ses voisins, c'est ça, les grandes villes.

Bizarrement, je continue de me sentir mal à l'aise. Le soir, alors que Victoire nous a invités, Markus et moi, à goûter un vin italien qu'elle a rapporté de sa dernière tournée, je leur parle de Perla.

— Vous avez vu Mme Marchand, récemment ?

— Ah, ça faisait longtemps, remarque Victoire. Pourquoi ? Elle s'est battue ? Elle est encore enceinte ?

— Non, non. C'est juste que je ne l'ai pas croisée depuis longtemps.

— Et alors ? Tu crois qu'elle est malade ? questionne Markus.

— Je ne sais pas. Je ne l'entends plus. Ni ses fichues mules ni son mari qui lui hurle dessus.

— Ah bon ? Ils ont continué à se disputer ? demande Markus.

— Margaux ne t'a pas dit qu'elle avait appelé les flics ?

Je raconte à Markus mes mésaventures avec les Marchand.

— Qu'est-ce que je vous avais dit du mari ? dit Victoire, triomphante. Alors, tu crois qu'elle est partie ?

— Elle n'aurait jamais laissé son bébé, intervient Markus.

— Et comment tu le sais ? réplique Victoire.

— Un nouveau-né ? Quand même… Mais qu'est-ce qu'on peut faire ?

— Dites-moi si vous la voyez, ouvrez grand les yeux et les oreilles, posez discrètement des questions.

— Ouais, carrément ! répond Markus, enthousiaste.

— Eh ! stop ! Vous êtes des malades ! s'emporte Victoire. Hors de question qu'on surveille nos voisins. On s'en fout, des Marchand. Visiblement, les flics les ont calmés et tout va bien. Fin de l'histoire.

— Mais c'était cool, marmonne Markus.

— Bon, Margaux, et avec Mathieu, tu en es où ?

De nouveau, je mets Markus au parfum et lui résume toute l'histoire. Enfin… le prologue.

— Pour le moment, il est à Nancy, pour ses cours. J'attends son retour.

— Et il revient bientôt ? demande Markus.

— Vendredi soir, je crois.

— Ne loupe pas cette occasion, Margaux. Sinon tu le regretteras, me dit Victoire en agitant son index sous mon nez. Ce mec est trop mignon. Et d'ailleurs, ça fait combien de temps que tu n'as pas…

— Victoire, stop ! On arrête !

14

J'ai pris Victoire au mot et invité Mathieu à venir dîner le vendredi soir, dès son retour. Il a eu l'air très content. Maintenant, je n'ai plus qu'à tout préparer. À commencer par moi. Rendez-vous chez l'esthéticienne, passage en revue de mes vêtements et sous-vêtements et, le vendredi en fin d'après-midi, courses rue de Meaux pour rassembler tout ce dont j'ai besoin pour le dîner : coquilles Saint-Jacques chez le poissonnier pour l'entrée, comté, brie et chèvre chez la fromagère de la rue du Rhin, légumes et fruits exotiques chez le primeur juste en face. Puis j'entre chez le boucher, à la recherche d'idées. Je ne suis pas parvenue à me décider pour le plat principal. J'ai envisagé toutes les spécialités de tous les continents, mais rien ne me convient. Je vais faire au plus simple : une viande mijotée avec des légumes. Alors que je regarde, perplexe, les pièces étalées derrière la vitre, le gentil boucher qui aime bien faire des blagues m'observe d'un air amusé.

— Alors, ma petite demoiselle, qu'est-ce que je vous sers ?

— Je ne sais pas… C'est pour un dîner, juste deux personnes.

— Un dîner en amoureux ?

Affolée, je regarde autour de moi pour m'assurer que personne n'a entendu.

— Oh non, juste un dîner entre voisins…

— Un voisin, donc.

— Oui, j'admets d'une toute petite voix.

— Prenez des paupiettes de veau, ça fait toujours son effet. Vous allez l'emballer, votre bonhomme.

— Et ça se cuisine comment ?

— À la cocotte, avec un peu de vin blanc, des tomates, des oignons et un bouquet garni.

Je me sens toujours aussi indécise, mais je n'ose pas refuser. Il a l'air aux anges que j'accepte sa suggestion. J'aurai au moins fait un heureux.

— Vous viendrez m'en dire des nouvelles, hein ? Bonne soirée ! s'exclame-t-il en m'adressant un clin d'œil appuyé.

— Merci, vous aussi.

Je m'enfuis avant de devenir cramoisie. Il me reste encore à acheter le vin. En remontant l'avenue Laumière, je me mets à rire toute seule. Moi qui suis plutôt pudique, j'ai l'impression que tout le quartier est au courant de mon histoire. Il se met à pleuvoir et j'accélère le pas. Arrivée en haut de l'avenue, un bruit infernal me tire de mes réflexions. La bande de jeunes qui envahit tous les week-ends la place de la mairie avec ses scooters est là. Les moteurs vrombissent, les gamins hurlent. Mais aujourd'hui, ni la pluie qui pénètre mes vêtements, ni les bruits agressifs de ces ados boutonneux ne gâcheront ma bonne humeur. Je monte tranquillement chez moi, pose mes courses et allume mon ordinateur. Je mets de la musique et pars en quête d'une recette, la plus simple possible.

Le temps passe très vite. Je me sens heureuse, alors que la pluie martèle les vitres, que mon appartement vibre au son de la musique et s'emplit de saveurs. Tout est prêt. Je vais me doucher puis j'enfile une petite robe très simple mais très seyante, dont la couleur d'un brun vert lumineux rappelle celle de mes yeux. Ce que j'aime, avec les cheveux courts, c'est qu'il suffit d'y passer la main pour être coiffé. Je retouche rapidement mon maquillage. Maintenant que je n'ai plus rien à faire, j'ai un trac d'enfer. Avec Mathieu je me sens bien, mais aujourd'hui, c'est une soirée particulière. Et si je me faisais des idées ? Si Mathieu venait m'annoncer qu'il avait craqué sur Victoire, l'autre soir ? Ou qu'il est gay ? Ou qu'il veut qu'on soit potes… Je prends la bouteille de vin blanc et me sers un grand verre.

19 h 45. On sonne à l'Interphone. Merde, il a un quart d'heure d'avance. Il a tellement envie de me voir ?

Un dernier regard dans le miroir, et je sors sur le palier pour l'accueillir.

— Lou, ferme cette porte, ou je viens te botter les fesses !

La fouine ouvre en grand.

— J'ai entendu sonner. C'est tellement fort, j'ai cru que c'était chez moi…

— Tu te fous de moi ? File !

L'ascenseur s'immobilise à notre étage. Juliette apparaît. Juliette ! Elle ne devait pas être à Lisbonne ?

Elle se jette dans mes bras en pleurant, sous les yeux de Lou qui n'en perd pas une miette. J'attire Juliette chez moi et lance un regard sévère à la fouine avant de claquer la porte.

Juliette tient un petit sac de voyage, elle porte une belle robe verte courte et décolletée, de magnifiques bottes. En revanche, son chignon est défait et son maquillage dégouline. Incapable de retenir ses larmes, elle hoquette dans mes bras.

— Cyril… Cyril a tout annulé à la dernière minute.

— Mais pourquoi ?

— Son fils a la grippe, il ne se sent pas de partir faire la fête et de le laisser dans cet état… de laisser sa femme s'occuper de lui toute seule. C'est nul, comme excuse.

Je suis carrément d'accord avec elle mais lui dis :

— La grippe, ça peut être très grave. Il a quel âge, son fils ?

— Seize ans.

— Ah, d'accord…

— Ça fait tellement longtemps que j'attendais ce moment.

Juliette éclate de nouveau en sanglots et s'affale sur mon canapé. C'est alors qu'elle remarque la table que j'ai dressée.

— Tu attends quelqu'un ?

— Oui, Mathieu…

À cet instant, l'Interphone retentit de nouveau. Je suis perplexe. Que faire ? Le décommander ? Mais il est déjà à ma porte. Ce n'est pas sympa, même s'il a seulement traversé la rue pour venir. Trente secondes plus tard, Mathieu se tient sur le palier, un gros bouquet de roses blanches à la main, une bouteille de vin dans l'autre.

— Salut, Margaux. Eh ben, quelle tête ! Tu avais oublié notre dîner ?

— Non, pas du tout. J'ai juste un souci de dernière minute. Entre, je vais te présenter quelqu'un.

Juliette nous rejoint dans l'entrée. Malgré son chagrin, elle n'oublie pas de passer Mathieu au crible et le reluque de haut en bas.

— Bonjour, moi c'est Juliette. Désolée, je ne savais pas que tu serais là ce soir, mais je suis complètement désespérée.

Elle fond de nouveau en larmes.

Mathieu et moi, on échange un regard impuissant.

— Venez, je propose, on va prendre un verre au salon. Je pense qu'on a des munitions pour la soirée.

J'observe Mathieu lorsqu'il découvre la jolie table que j'ai dressée pour lui. J'ajoute un couvert et débouche sa bouteille de bourgueil, que je dépose à côté de ma bouteille de sancerre. Juliette s'enfonce lourdement dans mon canapé et j'invite Mathieu à faire pareil. Il ne me reste plus qu'à m'asseoir face à eux sur mon petit fauteuil. Après deux verres de vin bus quasiment cul sec, Juliette cesse de pleurer. Elle raconte toute son histoire à Mathieu, depuis sa rencontre avec Cyril jusqu'au moment où, alors qu'elle allait monter dans sa voiture, il lui annonçait, sans même en descendre, que le week-end était annulé et qu'il devait rentrer chez lui. Il a démarré sans un baiser. Restée seule, son sac à l'épaule, les larmes ruisselant sur ses joues, Juliette s'est mise à marcher sans réfléchir, et ses pas l'ont conduite chez moi.

— Vous pourrez le remettre, ce week-end, non ? demande Mathieu.

— Non, c'était maintenant ou jamais, déclare Juliette, et elle recommence à sangloter.

Mathieu se tourne vers moi, affolé.

— Allez, on passe à table, venez, dis-je.

Vingt minutes plus tard, après les saint-jacques, alors que je viens d'apporter les fameuses paupiettes, on sonne à la porte.

— Servez-vous, j'arrive.

Élodie, l'air totalement paniqué, se tient sur le palier.

— Désolée de te déranger…

— Oh, si tu savais…

— Ah bon, qu'est-ce qui se passe ?

— Rien, rien. Dis-moi, toi, qu'est-ce qu'il y a ?

— C'est Alphonse, il refuse de rentrer.

— Où est-il ?

— Dans l'escalier. Au cinquième. Il dit qu'il veut rester là ce soir.

Alphonse est adossé à la porte de Markus et Jérôme, et il fixe celle des Marchand. Lorsqu'il me voit, il ne me décoche même pas son sourire habituel mais reste muet, sourcils froncés.

— Alphonse, vous allez bien ?

— Margaux. Vous êtes venue, vous aussi ? finit-il par répondre.

— Allez, il faut rentrer chez vous, maintenant, dis-je en lui prenant le bras.

Mais il résiste et tape des pieds.

— Non, je ne bouge pas de là. Et vous non plus.

— Mais enfin… Mais pourquoi ?

— Elle ne va pas sortir, vous allez voir. Partie. Pfuitt. C'est pour la petite, elle s'inquiète. Moi, je ne veux pas la voir triste.

— Qui ça ? De qui vous parlez ?

— Lou, bien sûr. Je lui ai promis. Alors je reste ici.

— Qui est partie ?

En posant la question, je connais bien sûr la réponse.

— La petite dame, la Marchand. Disparue. Envolée.

Le vieil homme se met à rire de son rire grimaçant, puis ses yeux se posent sur moi, son regard descend sur ma gorge, jusqu'à mes escarpins.

— Très jolie, votre tenue, remarque-t-il d'un air appréciateur. Mais vous n'avez pas froid avec votre décolleté ?

— Euh, non, merci, ça va… Bon, Alphonse, on y va ?

— Non, non et non !

Un quart d'heure s'écoule, et je n'arrive toujours à rien avec le vieil homme. J'entends des bruits de pas dans l'escalier : Guy et Gordon.

— C'est pas fini, ce bordel ? On peut pas être tranquille une seule soirée, dans cet immeuble ?

— C'est bon, Guy. Alphonse a juste une petite crise.

— Ras le bol du vieux gâteux ! À l'asile, et que ça saute !

Élodie sursaute, horrifiée.

— Mais enfin, monsieur…

— Oh, vous, la ferme !

Une voix rauque se fait alors entendre. Lou. Elle se glisse entre nous et saisit la main d'Alphonse.

— Viens, papi Alphonse, c'est pas grave. On va trouver une autre solution. Allez, je t'emmène chez toi.

Alexandre, essoufflé, nous rejoint. Sans un regard, sa fille passe devant lui en guidant Alphonse, et entreprend de lui faire descendre les marches.

— Attends, Lou, il vaut mieux qu'il prenne l'ascenseur. C'est loin, le deuxième étage, pour Alphonse.

Guy pousse un soupir excédé.

La fillette insiste pour monter avec lui. Son sérieux et sa maîtrise de la situation nous sidèrent. Même son père la laisse faire, tandis que Guy, pour une fois, se tait. Alphonse, surtout, lui obéit avec un sourire ému de papi gâteau que je ne lui ai jamais vu.

Élodie, Alexandre et moi descendons quatre à quatre l'escalier pour les retrouver au deuxième, suivis par Gordon, tout excité, ravi de ce qu'il prend pour un jeu. Resté au cinquième étage, Guy hurle son nom en vain puis se met à jurer.

Élodie ouvre la porte de l'ascenseur pour laisser sortir Lou et Alphonse et on s'engouffre tous dans l'appartement. Lou, qui connaît bien les lieux, emmène son « papi » jusqu'à son fauteuil, dans le salon, où la télévision braille. Elle le fait asseoir et lui prend la main.

— T'inquiète, faut te reposer maintenant. T'as grave assuré.

Alexandre plaque sa paume sur son front d'un air épuisé.

— C'est quoi encore, cette histoire ? Lou, qu'est-ce que tu trafiques avec Alphonse ?

Face au mutisme de sa fille, il se tourne vers moi.

— Je pense qu'ils se font du souci pour Mme Marchand qui…

— Ah non, pas encore cette histoire ! Lou, c'est toi qui as mis ça dans la tête d'Alphonse ?

— Pas du tout, papi est comme moi, il est très sensible.

— Ce n'est pas ton papi ! se met-il à crier.

— Excusez-moi, intervient Élodie, je pense qu'Alphonse a besoin de calme.

Le vieil homme, plongé dans une émission de téléréalité, semble nous avoir tous oubliés. Ses yeux fous fixent l'écran, tout son corps figé est penché en avant. On n'existe plus.

Sur le palier, Alexandre reprend la conversation avec sa fille. Mais avant qu'il finisse sa phrase de reproche, Lou éclate en sanglots. Wouah, la petite fouine est capable de verser des larmes ! C'est une humaine ! J'en suis là de mes réflexions lorsqu'elle me jette un regard en douce, un regard où brille une petite lueur complice. Ouais, bon, à moitié humaine.

— Ma puce, arrête de pleurer, dit Alexandre, de plus en plus stressé. Allez, viens.

Il prend sa fille dans ses bras et monte les deux étages qui les séparent de leur appartement. Le temps que je grimpe à leur suite, il a claqué la porte.

Quelle soirée ! Lorsque je rentre chez moi, Juliette, le rimmel jusqu'au menton, dort sur le canapé devant la même émission qu'Alphonse. Sa tête est posée sur l'épaule de Mathieu, qui me fait signe de ne pas faire de bruit. Tout doucement, il se dégage et s'approche de moi.

— Je suis tellement désolée, je ne voyais vraiment pas notre soirée comme ça.

— Moi non plus. Tu as fait quoi, pendant tout ce temps ?

— C'est mon vieux voisin. Il est un peu dingue. Sa garde-malade m'appelle souvent à la rescousse quand elle a un souci.

— Le voisin, la copine… Tu t'occupes beaucoup des autres, on dirait.

— Non, pas spécialement. J'avoue que ce soir, c'était la totale. Je m'en veux de t'avoir abandonné comme ça.

— C'est pas grave. Bon, je vais vous laisser.

— Je voulais vraiment… J'avais tellement envie…

Mathieu se penche vers moi et m'embrasse. Au moment où je me serre contre lui, j'entends Juliette s'écrier :

— Hé, ho, je vous vois, hein !

On se sépare et il s'en va.

La soirée de rêve.

15

Samedi matin, au réveil, Juliette va mieux, même si elle pleurniche encore un peu au-dessus de son mug de thé. Comme elle a apporté son maillot de bain (elle était censée passer le week-end dans un hôtel avec sauna et piscine), je la convaincs d'aller nager avec moi. Lou ouvre la porte au moment où on sort.

— Bonjour. Tu sais, moi ça ne me dérange pas. C'est bien, même, déclare-t-elle en désignant Juliette d'un geste du menton.

— De quoi tu parles ? je lui demande, déjà agacée par sa présence.

— Ben c'est ton amoureuse, tu es gay… Mes parents, ils disent que c'est pas grave, d'être gay, si les gens sont heureux.

Juliette éclate de rire.

— Désolée, ma petite, lui explique-t-elle. C'est pas parce que je dors chez Margaux qu'on est un couple.

— Et pourquoi elle s'est faite toute belle pour toi, hier soir, hein ?

Mais qu'est-ce qu'elle est chiante, cette gamine ! Juliette, toujours stoïque, se tourne vers moi. Soudain, c'est comme si elle comprenait enfin ce qu'elle avait interrompu hier soir.

— Eh bien, tu te trompes, ce n'était pas pour moi. Désolée, Margaux.

— Oh, ce n'est rien, rien du tout, dis-je, et les larmes me montent aux yeux.

Mathieu. Est-ce qu'il va m'en vouloir ? Comment rater davantage une soirée qu'on voulait si spéciale ? Je l'ai laissé pendant presque une heure, chez moi, avec une copine hystérique. C'est une catastrophe. Je n'oserai plus jamais l'appeler et il ne voudra plus jamais m'adresser la parole.

— Tu vas rattraper le coup, et vite !

— Non, je crois que c'est mort.

— N'importe quoi. Vous n'étiez pas en train de vous embrasser quand je me suis réveillée ?

— De qui vous parlez ? demande Lou, qui pour une fois n'a pas tout suivi.

Heureusement, la porte de chez elle s'ouvre en grand sur son père.

— Qu'est-ce que tu fiches encore sur le palier, Lou ? Tu te prends pour la concierge ?

Il la tire par le bras, nous lance un « bonjour » crispé et claque la porte.

— Très sympa, ton voisin. Quelle famille… Ils sont tous comme ça ?

— Laisse tomber. On va nager, avant de croiser quelqu'un d'autre dans cet immeuble de cinglés.

Dans l'après-midi, j'emmène Juliette au sixième. Victoire est en pleine répétition. Happée par la musique, elle ne nous voit même pas entrer. Elle et Guy ont fait de la place : Victoire a maintenant une petite table où elle peut poser ses affaires, et Markus a installé quatre chaises pliantes pour les auditeurs. Théo, l'amoureux fou, est là aussi. Il écoute Victoire en la fixant d'un regard embarrassant. Enfin, Victoire fait une pause et on passe un moment à discuter avec elle. Théo, muet, suit notre conversation en continuant de scruter Victoire avec vénération, ce qui ne la gêne pas du tout.

En fin de journée, Juliette décide de rentrer chez elle. Avant de partir, elle a admis qu'elle était tellement obsédée par son histoire de week-end raté avec Cyril qu'il lui a fallu les insinuations de Lou pour comprendre qu'elle avait gâché mon dîner. Elle m'a conseillé d'appeler Mathieu dès qu'elle aurait passé la porte. Au moment où l'ascenseur arrivait, son téléphone a sonné. Cyril. Il lui a donné rendez-vous pour le soir même. Juliette a eu le temps de me faire le signe de la victoire avant de disparaître dans la minuscule cabine. On croit rêver. Elle lui pardonne un peu vite… De mon côté, je ne suis pas du tout sûre que ma soirée galère avec Mathieu soit rattrapable. Mais autant le savoir tout de suite. Je jette discrètement un œil par la fenêtre avant de l'appeler. Il y a de la lumière chez lui, j'espère qu'il est tout seul.

— Bonjour, c'est SOS Amitié.

— Ah bon ? Je croyais que c'était mère Teresa, répond-il.

— Je suis tellement désolée pour hier soir… Je ne sais pas quoi dire.

— Tu n'y es pour rien. J'ai bien compris que ta pote était désespérée. Mais je me suis demandé si tu voulais me caser avec elle, vu que tu nous as laissés en tête à tête pendant des plombes.

— Mais non, pas du tout ! je m'écrie, et ma voix monte dans des aigus atroces. Juliette est folle de Cyril, de toute façon.

— Mais je blague, oh ! ne prends pas tout au premier degré.

— Est-ce que je peux me rattraper ? Tu serais libre, ce soir ?

— Non, j'ai plein de taf… Les examens de fin de trimestre à préparer. Écoute, on va se voir bientôt, d'accord ? Je te texte quand j'y vois plus clair.

On raccroche, je sens que je vais pleurer. C'est fini, avec Mathieu. D'ailleurs, ça n'a jamais commencé. Tout ça à cause de moi. Ou de Juliette. Ou d'Alphonse. J'en veux à la terre entière. Anéantie, je sors respirer et marcher dans le parc.

Mardi soir, Lou vient de nouveau sonner à ma porte. Elle pose ses Barbie spectrales à côté d'elle sur le canapé et m'annonce qu'elle est en couple.

— De quoi ? À ton âge ? Tu veux dire que tu as un amoureux ?

Lou hausse les épaules.

— Si tu préfères le dire comme ça. J'ai juste un problème : il est beaucoup plus petit que moi et c'est pas pratique, pour les bisous. Mais maman m'a dit qu'après, ça sera le contraire. Que c'est pas important. Mais moi, ça me gêne un peu.

Lou porte des chaussons en forme de gros chats, une robe violette et des collants en laine rayés violet et noir. Maintenant que je me suis habituée à sa personnalité étrange, je dois reconnaître qu'elle est très jolie. Ces deux minutes de normalité ne durent pas.

— Tu as lu mon mot ? demande-t-elle brusquement.

— Oui, je voulais t'en parler. C'est juste que j'ai été un peu occupée, ces jours-ci.

Et je pense à Mathieu dont j'attends le texto nuit et jour. Un peu pathétique, non ? C'est mieux que de faire une fixette sur ses voisins. Mais Lou n'est pas d'accord.

— Écoute, il faut que tu arrêtes de t'inquiéter pour elle. Son mari, suite à une… intervention, s'est calmé. Il la laisse tranquille, maintenant, c'est pour ça que tu n'entends plus rien.

— Non, elle est plus là.

— Qu'est-ce que tu racontes ?

Malgré moi, je sens des frissons me parcourir le dos.

— Elle a disparu. Tu crois qu'elle est morte ?

— Lou, ça va pas ! Tu ne l'as peut-être pas croisée dans l'immeuble, mais ça ne veut rien dire.

— Pourquoi ? Tu l'as vue, toi, ces derniers temps ? Alphonse, il dit qu'il l'a pas vue non plus.

— Alphonse. Enfin, Lou. Tu sais bien qu'Alphonse, il est...

— Il est pas fou ! s'écrie-t-elle, et son petit visage se crispe.

— Écoute, il vit dans son monde, il n'a pas une vision très juste de la réalité. Tu le sais.

— Il voit bien mieux que vous tous, les adultes, parce que vous, vous ne voulez rien voir, rien entendre. Y a que vous qui vous intéresse. Alphonse, il sait plein de choses. Il est gentil.

— D'accord, calme-toi, s'il te plaît. Et puis pour Mme Marchand, Markus et moi, on s'est dit qu'on allait faire plus attention. Si je la vois, je te...

— Tu la verras pas ! Elle est plus là, je te dis !

Ma sonnette retentit. Un doigt insistant reste posé dessus. Je bondis de mon siège.

Alexandre, l'air très abattu, est sur le pas de la porte.

— Désolé, Margaux. Je suis rentré plus tôt, ce soir, et pas de Lou ! Charlotte m'a conseillé de venir voir chez toi. Ce n'est plus possible. Elle ne peut pas t'envahir comme ça.

— Ne t'inquiète pas. Je l'ai expliqué à Charlotte. Si elle me dérange, je le lui dirai.

— Parce que tu penses que ça va l'arrêter... Lou, viens ici ! crie-t-il.

Sa fille nous rejoint, une expression contrariée sur le visage. Notre conversation l'a vraiment affectée.

— Lou, pour la dernière fois, on ne sonne pas chez les gens comme ça.

— Comme toi, tu veux dire ? Tu as fait grave du bruit. Bonsoir Margaux.

Elle se met sur la pointe des pieds et m'embrasse.

De retour dans mon salon, je découvre qu'elle m'a laissé une de ses poupées.

Je regarde de nouveau l'écran vide de mon téléphone puis vais me changer. Ce soir, j'ai rendez-vous quai de Loire avec Nicolas, sa femme, Juliette et nos potes dans un bar à bière qui surplombe le bassin de la Villette.

Un quart d'heure plus tard, je retrouve toute la bande installée autour d'une grande table couverte de tapas et de chopes de bière. Juliette, radieuse, me fait signe de venir m'asseoir à côté d'elle. Dimanche soir, Cyril a tout fait pour se faire pardonner.

— La nuit qu'on a passée ! Je t'assure, il n'a jamais été comme ça avant. Tellement passionné, tellement...

— C'est bon, je ne veux pas savoir.

Je soupire. C'est bien ce que je craignais, elle se fait avoir par ce type.

Lia, qui s'affale à côté de moi à cet instant, met fin à notre conversation.

— Margaux, pousse ton gros cul pour faire de la place à Nina.

Juliette et moi, on lève les yeux vers la nouvelle venue. On dirait une gamine, avec son corps frêle et son regard de biche. Connaissant Lia et son caractère orageux, je me demande combien de temps sa toute dernière copine va tenir avant de s'enfuir en courant.

Les heures défilent, j'oublie Alphonse, Perla, la petite Lou et son regard implorant, et je me dis que peut-être, moi aussi, un soir, je pourrais emmener Mathieu. S'il me fait signe.

16

Dîner chez moi vendredi ? ça évitera l'incruste de tes voisins ou de tes potes dépressives ;)

Il m'a textée ! Enfin. Dès que j'arrive chez lui, je coupe mon téléphone !

Jeudi soir, un peu après minuit, je vais me coucher. J'ai passé un long moment dans le noir devant la fenêtre de la chambre d'amis. Je voulais apercevoir Mathieu mais il n'était pas là. D'ailleurs je me demande pourquoi il n'est toujours pas rentré.

Je viens d'éteindre la lumière quand j'entends des bruits étranges chez les Marchand. Ce ne sont ni des cris ni des pleurs, mais c'est bizarre. On dirait qu'on traîne quelque chose sur le sol. Des meubles ? Des sacs ? Un corps ? Je me redresse dans mon lit.

La porte de leur appartement claque doucement. Je me précipite pour aller regarder à l'œilleton. La lumière est allumée et quelqu'un appelle l'ascenseur. Un téléphone portable sonne. J'entends Marc

Marchand parler mais je ne comprends pas ce qu'il dit. La conversation est brève, juste quelques phrases marmonnées et le bruit de sacs, ou de valises, qu'il fourre dans la cabine. Il est minuit trente. J'ouvre ma porte le plus silencieusement possible et m'avance en haut des marches. Marchand sort de l'ascenseur, je l'entends ouvrir le local poubelles au rez-de-chaussée. Qu'est-ce qu'il jette, si tard la nuit ?

Un quart d'heure après son retour, je me glisse sur le palier et, sans faire de bruit, je descends sur la pointe des pieds jusqu'au local à poubelles. Je suis dingue, me dis-je. Mais je veux savoir. Un gros sac noir dépasse de la benne verte. Je me bats avec le nœud bien serré et l'ouvre. Des vêtements. De femme. Beaucoup de vêtements. Bleu marine, gris, beiges. Ils ressemblent à ceux de Perla.

Au moment où je soulève le sac pour fouiller dans celui, identique, placé au-dessous, la porte du local s'ouvre brusquement. Je sursaute avant de me figer sur place. Mme Ménard en peignoir rose fluo, coiffée de deux nattes blondes, me fixe de son regard de folle furieuse. Elle brandit bien haut son gros bâton. L'espace d'une seconde, je crois qu'elle va me frapper. Elvis, babines retroussées, crocs découverts, grogne, le corps tendu, prêt à se jeter sur moi. La gardienne finit par baisser le bras, mais ses yeux expriment toujours une colère intense.

— Mais qu'est-ce que vous foutez là, vous ?

— Rien, je jetais mes poubelles.

— En pleine nuit ? J'ai cru que c'était un voleur. Vous pouviez pas attendre demain matin, non ? Les gens normaux dorment, à cette heure, mademoiselle Margaux.

— Eh bien, moi, je ne dors pas. Vous non plus, visiblement. Et j'ai encore le droit de jeter mes poubelles quand je veux.

Sur ce, je referme le couvercle. Malgré mon petit discours, Mme Ménard tient toujours son bâton bien serré dans la main. On dirait que ça la démange de s'en servir. Elvis grogne encore. Je sors du local la tête haute mais, sitôt dans l'escalier, je grimpe les marches à toutes jambes.

Arrivée dans mon appartement, je ferme la porte à double tour et m'effondre sur le sol. Beaucoup trop d'émotions pour une seule nuit.

J'aurais dû passer le vendredi sur un petit nuage, dans l'attente de ma soirée avec Mathieu. À la place, j'angoisse toute la journée. Nicolas et Juliette sont débordés et ils en ont marre de m'entendre parler de mes voisins et de ce que tout le monde prend pour une obsession lassante, voire inquiétante. Pourtant, Marc Marchand s'est bien débarrassé des vêtements de sa femme, que personne n'a vue ni entendue depuis au moins un mois. Où est-elle ? Lou ne peut pas avoir raison, elle n'est pas morte ! Une petite voix me rappelle qu'en moyenne, en France, une femme meurt tous les deux jours sous les coups de son conjoint ou de son ex. Et s'il avait caché le corps ? Et maintenant il jette toutes ses affaires ! Non, je vais trop loin. C'est du pur délire. Cet immeuble va me rendre dingue.

À 20 h 30, quand je sonne chez Mathieu, je suis au bord de la crise de nerfs. En essayant de me préparer pour la soirée, j'étais tellement énervée et pas concentrée que j'ai raté mon maquillage et enfilé une robe qui ne me va pas du tout. Elle me serre beaucoup trop et j'ai l'air d'un boudin. Quant à mes cheveux, ils ont connu des jours meilleurs.

— Qu'est-ce qui t'arrive ? Tu es malade ? me demande Mathieu.

— C'est mon voisin, je n'en peux plus.

— Le vieux ? Qu'est-ce qu'il a encore ?

— Non, pas lui. Celui du cinquième.

— C'est qui, celui-là ?

Me voilà partie dans de grandes explications, toujours sur le palier. Mathieu finit par m'interrompre en me tirant par la main pour me faire entrer. Il enlève mon manteau et me conduit jusqu'à son canapé.

— On peut oublier ton immeuble, ce soir ? dit-il.

— Non mais tu te rends compte, s'il a tué sa femme ?

— Écoute, on n'est pas dans *Fenêtre sur cour*. Au lieu de te prendre pour James Stewart, essaie de trouver une explication plus terre à terre, d'accord ?

— Je me prenais plutôt pour Grace Kelly, mais bon. Quand même, je…

Et il m'embrasse.

J'ai tellement rêvé de ce moment, et il est génial. On se sépare, heureux, on se regarde comme deux crétins et on sourit.

Je pense à mes potes, à leurs conseils, et je me dis que, au moins pour ce soir, ce serait bien que je lâche un peu mes obsessions. Je colle ma bouche à la sienne et me concentre sur ce long baiser.

— Je vais nous chercher l'apéro dans la cuisine, dit Mathieu quand nos lèvres se détachent un peu plus tard.

Je le suis dans une pièce minuscule où la cafetière et le four à micro-ondes prennent toute la place.

— J'ai pris à emporter chez l'Indien du coin de la rue, ça te va ?

— J'adore ça.

— Et en attendant de tout réchauffer, j'ai du champagne.

Mathieu s'est donné du mal, j'en suis tout émue. De retour sur son canapé, je le laisse nous servir pendant que je jette un œil autour de moi. Il n'y a rien, dans ce salon ! Un canapé, une table basse et, à l'autre bout de la pièce, un immense bureau dont une partie est ensevelie sous les papiers, l'autre occupée par un ordinateur. Les murs sont nus. Les volets sont encore ouverts. Je me lève d'un bond, curieuse.

— Oh, qu'est-ce que tu vois, chez moi ?

Il fait nuit, on ne distingue rien d'autre qu'un grand carreau noir. Mathieu me rejoint, passe son bras autour de ma taille.

J'aperçois alors les fenêtres du cinquième.

— C'est pas vrai ! Tu peux voir chez les Marchand !

— Non, Margaux, non, s'il te plaît.

— Tu sais, toi, si Perla est toujours là ?

— Arrête, je ne sais même pas de qui tu parles.

Il a l'air un peu désespéré, mais c'est plus fort que moi.

— Celle que plus personne n'a vue depuis des semaines. C'est simple, il y a un homme, une femme et un bébé qui vivent ici. Donc si tu as aperçu une femme, c'est elle.

Et brusquement, Mathieu explose.

— Merde, Margaux, tu es trop chiante ! C'est quoi ton problème ?

Il me repousse.

— Pardon, je suis désolée, mais je m'inquiète, c'est normal, non ?

— Non, ce n'est pas normal. Tu es totalement obsédée par ce couple ! Si jamais ton Olga s'est barrée parce que son mari était violent, alors tant mieux ! Pourquoi ça te rend malade ?

— Perla, elle s'appelle Perla ! Et les vêtements, comment tu l'expliques ?

— Si elle est partie, pourquoi son mari les garderait ?

— D'accord.

Je retourne m'asseoir sur le canapé.

— Tu me diras quand même, si tu la vois ?

— Tu es cinglée. Je ne passe pas ma vie scotché à ma fenêtre. Il n'y a que toi que j'aime voir. Les autres, je m'en fous.

Le repas est poussif, on a autant de mal à se détendre l'un que l'autre. Je crois que j'ai encore bousillé notre soirée. Je suis tellement nulle.

Le dîner et la bouteille de champagne terminés, Mathieu m'attire de nouveau contre lui et je me laisse faire.

Ce moment que j'attendais, celui où nous allions enfin faire l'amour ensemble pour la première fois, est totalement raté. Je suis si troublée et anxieuse que je suis incapable de vivre l'instant. Mathieu s'en rend compte, et je sens qu'il est déçu. Malgré nos sourires et nos gestes tendres, la magie n'opère pas. C'est un fiasco, et tout est ma faute.

Il est tard. Je me sens gênée, triste et ridicule à la fois.

— Bon, je crois que je vais y aller.

Il ne répond pas. Je me rhabille pendant qu'il m'observe. Je rentre le ventre, vieux réflexe instinctif. Mathieu se lève à son tour et enfile ses vêtements. Il est beau. Mais il semble soulagé de me voir partir.

Pourtant, il me serre dans ses bras sur le seuil de sa porte. D'accord, j'ai bien gâché la soirée, mais il me reste peut-être encore une petite chance…

Une fois chez moi, je me rends immédiatement à la fenêtre de la chambre d'amis et me cache dans l'embrasure. Mathieu a fermé les volets du salon. Il ne fume pas de dernière cigarette sur son balcon, comme il le fait parfois. Cet homme adorable est invisible, et seul le satyre, qui m'a repérée, se masturbe frénétiquement devant la vitre.

Je passe un samedi atroce. Je n'arrive à rien, ne peux me concentrer sur rien. Je sors faire des courses en oubliant ce que je dois acheter, je pars en laissant mes achats à la boulangerie, je pleure toute seule en remontant l'avenue Laumière. Même Juliette, que je retrouve aux Chics Types le soir, n'arrive pas à me calmer. Il faut dire qu'elle a très envie de me raconter comment sa relation avec Cyril a changé. Elle est persuadée qu'il est en train de tomber amoureux d'elle. Je ne veux même pas y réfléchir, je vois tout en noir. Pas la peine de la déprimer.

— Bon, mais toi, avec Mathieu ? C'était comment ?

— J'ai tout foiré, encore une fois. J'ai voulu espionner chez mes voisins du cinquième depuis sa fenêtre et je lui ai demandé s'il avait vu Perla.

— Non, t'as pas fait ça ? T'es débile ou quoi ?

Je baisse la tête.

— Arrête, avec ces histoires, c'est du grand n'importe quoi. Tu vois bien que tu bousilles ta vie ? Nicolas et moi, on ne te reconnaît plus, tu deviens borderline.

— Ah bon ?

— Ouais. On veut récupérer notre Margaux. Mathieu, tu le kiffes, non ? Alors rappelle-le tout de suite, invite-le, et surtout ne lui parle pas de tes voisins !

17

Le dimanche, je suis allée nager. Ou plutôt, je suis allée chercher Mathieu au milieu des nageurs et sous les douches, mais il n'était pas là. Alors j'ai fini par suivre les conseils de Juliette et je lui ai téléphoné. Et il a décroché !

Ce mec est une crème. Il ne m'en veut presque plus, pour la soirée ratée. Il trouve que j'ai des obsessions étranges mais que ça montre aussi que je suis généreuse. Et il veut bien essayer de m'accepter comme je suis. D'après Juliette, que j'ai appelée juste après pour débriefer, ça veut dire qu'il tient à moi. Il a accepté mon invitation et on s'est retrouvés chez moi le soir même. J'ai réussi à ne lui parler que de nous. Ça n'a pas été difficile, je ne souhaitais rien d'autre. Et on a passé une nuit de rêve.

Depuis, il suffit qu'on s'aperçoive par la fenêtre pour que l'un de nous fasse signe à l'autre de le rejoindre, et on court se retrouver. On est pratiquement tout le temps ensemble. J'apprends à le découvrir et j'adore ce mec. S'il est prof en école d'art, c'est parce qu'il dessine. D'ailleurs, il me laisse plein de petits croquis avec des messages d'amour. Souvent, il nous représente tous les deux. C'est vraiment chou.

Et puis il a accepté de partager mes soirées films d'horreur, lui que ça n'a jamais intéressé. C'est pas une preuve d'amour, ça ? Pour commencer : les grands classiques. Je lui ai passé *Scream* et *Saw*, les premiers, bien sûr. Je crois que ça lui a plu. Ou alors il veut vraiment me faire plaisir ! En tout cas, je lui ai concocté une bonne liste avec tous mes favoris, et il y en a un paquet. Il a intérêt à aimer !

Mathieu m'a aussi beaucoup parlé de son passé, et ça m'a émue. Il a eu une enfance franchement galère. Il m'a raconté que tout petit il voulait être dessinateur de BD, mais que sa famille avait trop de problèmes pour lui laisser tenter sa chance. Son père est parti de la maison quand il n'avait que deux ans parce qu'il aimait une autre femme qu'il avait mise enceinte, et avec qui il a eu par la suite deux enfants. Mathieu avait déjà une grande sœur. Il a vécu avec sa mère qui était, d'après ce qu'il m'a dit, assez fragile nerveusement et incapable de gagner sa vie. Il n'a fait la paix avec son père que depuis quelques années, et maintenant il s'entend même très bien avec sa belle-mère et ses demi-frères et sœurs. En tout cas, son histoire familiale est pire que la mienne mais ça nous rapproche. Et entre nous, c'est du sérieux je crois : j'ai déjà demandé à Markus si je pouvais venir accompagnée à son mariage et je prévois de présenter Mathieu à mon oncle.

Le dimanche suivant, en milieu d'après-midi, je le quitte pour le laisser travailler. Au moment où je traverse la rue pour rentrer dans mon immeuble, je reconnais le landau de Louis, au bout de la rue. Il est poussé par une femme qui vient vers moi. Perla ?

La silhouette se rapproche. Il y a quelque chose qui cloche. Elle a les cheveux châtains. Non, ce n'est pas elle, c'est Teresa ! La petite employée de Mme Ménard est en charge de Louis ? Incroyable. Je l'attends et lui tiens la porte.

— Teresa ? Vous faites aussi du baby-sitting ?

Sans un regard ni un sourire, elle rentre la poussette dans le hall et me répond :

— Merci, madame.

Après son départ, je reste une bonne minute sur le pas de la porte à essayer de réfléchir. Alors c'est confirmé, Perla a été effacée du tableau, aussi simplement que ça ? D'abord son mari jette ses vêtements, et maintenant c'est l'employée de Mme Ménard qui s'occupe de l'enfant.

Oh non, quelle plaie, mon obsession est de retour, je repars en vrille !

Ce soir-là, seule chez moi, je décide de soigner le mal par le mal. J'allume mon ordinateur et choisis un film d'horreur. *The Descent* : une bande de copines qui part faire de la spéléologie. Dans les profondeurs de la terre, elles vont se faire attaquer par des créatures aveugles, avides de chair humaine. Parfait. C'est atroce à souhait. Et contrairement à ce que pensent mes potes, ça ne m'empêche pas de dormir. Parce que je sais bien, en allant me coucher après avoir regardé mes films préférés, que je ne risque pas de me battre contre des monstres enfouis, des zombies ou des loups-garous ; et par précaution, après avoir vu *Candyman*, je ne prononce jamais son nom cinq fois devant le miroir – des fois où il apparaîtrait avec son crochet meurtrier.

Mme Ménard est devant sa loge le lendemain matin quand je pars travailler. Prise d'une impulsion, je lui lance, avec un sourire joyeux :

— J'ai vu le petit Louis, hier, qu'il est beau ! Il a bien grandi.

— Un vrai poupon, hein !

— Oh oui ! dis-je. Mais par contre, ça fait longtemps que je n'ai pas vu sa maman. Comment elle va ?

— Celle-là, même pas capable de s'occuper de son fils. Ah, les mères de maintenant, c'est pas comme nous : une semaine après la naissance, on retournait travailler. Aujourd'hui, il leur faut des mois pour se remettre. Alors une petite maigrichonne comme Mme Marchand... Elle est partie se reposer chez sa mère, qui vit en Norvège.

— En laissant son fils ?

— M. Marchand m'a dit qu'elle se sentait trop faible, vous vous rendez compte ? Ce culot ! Le pauvre homme. Je lui ai prêté Teresa, il fallait bien que je lui donne un coup de main !

Lui prêter Teresa, comme si c'était un objet !

En arrivant au cabinet, je me remets à gamberger. Perla est partie en Norvège ? C'est loin, la Norvège, pour se reposer. Et pourquoi est-ce que sa mère n'est pas plutôt venue l'aider ? Une histoire de papiers, probablement. Et puis Perla est jeune, sa mère n'est sûrement pas une retraitée. Oui, ça se tient. Mais pourquoi Marc Marchand a-t-il jeté les vêtements de sa femme à la poubelle, alors ?

Stop. Je redeviens parano. Il y a forcément une explication rationnelle. D'abord, on peut jeter les vêtements de quelqu'un sans l'avoir tué, non ? Évidemment ! Par exemple, on a tous des périodes où on fait du tri, surtout, j'imagine, après une grossesse. Et au lieu de faire don des vêtements, il y a des gens, comme Marchand, qui les jettent en douce à minuit pour que personne ne le remarque. Voilà, la disparition de Perla est résolue, mais son mari reste un beau salaud.

Il faudra que je rassure Lou, et qu'elle aille convaincre son acolyte espion, Alphonse, pour qu'il cesse ses opérations commando dans la cage d'escalier. J'ai presque envie de rire tant je me sens soulagée.

Tout s'explique. Et j'arrête de m'inventer mes propres films d'horreur.

Quand je croise la petite fouine quelques jours plus tard, elle est sur son palier en train de tirer tout doucement la porte de chez elle pour éviter qu'elle claque.

— Salut, Lou, où tu vas comme ça ?

Elle sursaute, avant de me jeter un regard furieux.

— Nulle part, et toi ?

— J'allais écouter Victoire au sixième. Dis, tu sais bien que tes parents ne veulent pas que tu te balades dans les étages.

Avant de la laisser ronchonner, je poursuis.

— Au fait, je voulais t'annoncer une bonne nouvelle. Je sais où est Perla Marchand.

Lou n'en revient pas.

— Elle est où ?

— Chez sa mère. Pour se reposer.

— Comment tu le sais ?

— C'est Mme Ménard qui me l'a dit. Elle le tient de M. Marchand.

— Et tu l'as crue ?

— Comment ça ? Bien sûr. Pourquoi je ne la croirais pas ?

— C'est qu'une folle, et une sale menteuse.

— Lou !

— Elle déteste Alphonse, alors moi, je la déteste.

— Mme Ménard déteste tout le monde. Tu ne devrais même pas faire attention à elle, tu comprends ?

— Non, c'est toi qui comprends rien.

— Je croyais te rassurer.

— J'ai pas besoin. C'est toi qui en as besoin. Moi, je suis pas une trouillarde.

Et elle file dans l'escalier, chez Alphonse, j'imagine. Eh merde, pourquoi est-ce que je me dispute avec tout le monde à cause des Marchand ?

Mon téléphone bipe. C'est Mathieu. Je lui manque et il m'attend chez lui pour la soirée. Je lui réponds un truc idiot avec plein d'émoticônes de cœurs serrés dans des bras et monte au sixième. Lou finira bien par se calmer.

Dans la petite chambre de bonne, je m'assois pour écouter Victoire mais elle a presque fini son morceau.

— Et alors, me demande-t-elle, comment tu trouves mes aménagements ?

Je regarde autour de moi. Elle a sacrément bossé : elle a dégagé de l'espace, lessivé les murs, dépoussiéré le parquet et apporté des touches de décoration personnelles.

— Et là, tu vois, me dit-elle en déplaçant des meubles, j'ai même découvert une petite cheminée !

Je m'approche.

— Il y a une belle plaque en fonte, contre le mur du fond, on peut la voir ?

Je m'accroupis et tire sur la pièce de métal ciselée. Elle est lourde et mes mains se couvrent de suie.

— Tiens, c'est quoi ? demande Victoire en se baissant à côté de moi.

Coincée contre la paroi, il y a une petite boîte en fer rouillée.

— Qu'est-ce que ça fait là ? dis-je.

— Un trésor caché ! s'écrie Victoire, à la fois amusée et curieuse. Je vais essayer de l'ouvrir. Ah, mais c'est crade !

— Donne, je vais l'essuyer.

Après pas mal d'efforts, je parviens à soulever le couvercle. À l'intérieur, deux petites voitures d'enfant et quelques billes.

— Tu parles d'un trésor, marmonne Victoire.

— Pour un petit garçon, c'en était sûrement un.

— Mouais. Je demanderai à Guy si c'était à lui. C'est vieux, tu penses ?

— Ça m'en a tout l'air. Les voitures ressemblent à celles qu'avait mon père quand il était petit et qu'il a gardées, lui aussi. Il voulait les donner à mon frère, qui les trouvait hyper moches.

— Ton père a l'âge de Guy ?

— Un peu plus âgé, je pense.

— Je lui montrerai, alors, à l'occasion.

— Euh... Tu crois qu'il va réagir comment ?

— Ben, à quoi ?

— Au fait qu'on a fouillé dans ses affaires ?

— On n'a pas fouillé, c'était dans la cheminée ! T'inquiète, je commence à savoir le gérer, le Guy !

Novembre

18

Vendredi matin, je commence tard et sors faire des courses. À mon retour, je trouve Markus dans l'entrée, devant sa boîte aux lettres.

— Salut, Markus, ça va ?

— Bof, pas trop. J'ai envoyé le faire-part de mariage à mes parents, et je crois que ma mère m'a écrit. J'ai peur de lire sa réponse. C'est bête, hein ?

— Mais non, pas du tout.

— Dis, ça t'ennuie de venir chez moi pendant que j'ouvre sa lettre ?

— Tu plaisantes ! On y va.

— Merci.

C'est la première fois que je visite l'appartement de Markus et Jérôme. C'est magnifique. Leurs meubles ont l'air anciens et précieux. Le canapé et les fauteuils sont recouverts d'un velours sombre qui rappelle celui des rideaux épais ; partout, des statuettes et des tableaux classiques décorent la pièce. Je me demande ce qu'en dirait Lou, qui trouve que mon appartement ressemble à un château !

— Assieds-toi sur le canapé, je prépare le café et j'arrive.

— Il y a un immense chat roux, en plein milieu. Il ne va pas m'attaquer ? Parce que les animaux de l'immeuble m'en veulent tous.

— Mais non, c'est Sigmund. Il est très gentil.

— Si ça ne te dérange pas, je préfère t'attendre avant de m'asseoir.

— Allez, pousse-toi, le chat, dit Markus en me rejoignant avec un plateau.

Sigmund ouvre un œil, bâille et s'étire avant de miauler et de partir continuer sa sieste dans un fauteuil.

Installés côte à côte, on boit notre café. Puis Markus décachette l'enveloppe et se met à lire. Ses yeux s'embuent, et je ne sais plus quoi faire.

— Markus ?

— Tu en penses quoi ? dit-il d'une voix rauque en me tendant la feuille.

— Je suis désolée, je ne comprends pas l'allemand.

— Ah, oui, je suis bête… C'est vite vu, de toute façon, mes parents ne viennent pas. Ils ne m'ont toujours pas pardonné d'être gay, alors tu imagines : me marier !

— Oh, je suis désolée.

— Pas la peine. Et puis je devrais être habitué, j'avais quinze ans quand mon père m'a foutu dehors.

— Mais... mais, pourquoi ?

— Ben parce que j'étais pédé !

Je sursaute, choquée.

— Oh, je suis désolée.

Markus réussit à sourire.

— Oui, tu l'as déjà dit.

— C'est que... c'est choquant. Et ta mère, elle n'a rien fait ?

— Ma mère ? Elle n'avait pas le droit d'avoir ses propres opinions. Je ne suis pas sûr qu'elle en ait jamais eu, en réalité.

— Et comment tu as fait pour te débrouiller ?

Markus ne me répond pas.

— Excuse-moi, je suis indiscrète ?

— Laisse tomber, Margaux, ce ne sont pas mes meilleurs souvenirs.

— D'accord. Mais... tu n'as pas des frères ou des sœurs qui seraient plus... ouverts ?

— Des gens ouverts, dans ma famille ? demande-t-il, et un vague sourire se dessine sur son visage. J'ai une sœur. Luise. Je l'ai invitée aussi. Elle n'est pas sûre de pouvoir venir.

Markus semble réfléchir. Puis il se lance.

— Luise est une ancienne toxico. Elle s'est complètement foutue en l'air. Elle a quitté la maison à seize ans. J'en avais treize. Plus tard, j'ai essayé de la retrouver. C'était une épave. J'étais encore très jeune, je ne savais pas quoi faire. Et puis ça me fichait la frousse, tout ça. Je n'ai pas cherché à la revoir. Mais il y a quelque temps, elle m'a recontacté. Elle avait réussi à s'en sortir. Je crois que c'est grâce à celui qui est aujourd'hui son mari. Un mec bien. C'est lui qui lui a conseillé de renouer avec moi. Même si on n'a pas encore eu l'occasion de se revoir, on se parle régulièrement.

— Mais c'est génial !

— Oui. Bref, ma sœur et son mari veulent des enfants, mais Luise ne peut pas en avoir. Elle a suivi plein de traitements qui n'ont pas marché. Maintenant, ils essaient d'adopter.

— Mais du coup, elle vient à ton mariage ?

— Je ne sais pas. Elle sort à peine d'une phase très difficile. Elle est en plein dans ses démarches d'adoption et je crois qu'elle est complètement à bout. Elle ne m'a rien promis. Alors, bêtement, j'attends. Qu'elle me fasse signe. J'aimerais vraiment qu'elle soit là. Tu imagines, je ne l'ai pas revue depuis plus de quinze ans. Aujourd'hui, elle est la seule famille qui me reste.

— Tu as Jérôme, maintenant. Et tes potes, dis-je en serrant fort sa main dans la mienne.

Dehors, le vent a chassé les nuages. Le soleil hivernal entre à flots par la grande fenêtre du salon, et je propose à Markus d'aller faire un tour aux Buttes-Chaumont. Prendre l'air nous fera du bien, à tous les deux.

Une fois dans le parc, j'aperçois Alphonse, assis tout seul sur son banc favori près du manège. Je prends le bras de Markus et on va le retrouver. Malgré le froid, il est immobile. Totalement absorbé, il observe le ciel.

— Alphonse, c'est nous ! Ohé !

Il baisse la tête, nous fixe de son air concentré puis, lorsqu'il nous reconnaît, se fend de son grand sourire d'allumé.

— Eh bien, qu'est-ce que vous faites ici ? nous demande-t-il.

— On se balade, et vous ?

— Je regarde la forme des nuages.

— Où est Rosa ?

— Je ne sais pas. C'est la petite Élodie qui est avec moi. Mais je l'ai semée, déclare-t-il en éclatant de rire.

Markus se tourne vers moi, perplexe.

— Vous n'avez pas froid avec votre décolleté ? questionne Alphonse, et je reconnais cette petite phrase qui, visiblement, lui plaît.

Il a raison, j'ai oublié de mettre une écharpe. Rien ne lui échappe.

— Venez, tous les deux, je vous offre un chocolat chaud, ou ce que vous voulez, dis-je.

Le petit stand derrière le manège est désert. Alphonse commande une gaufre en plus de son chocolat, puis on retourne s'asseoir sur le banc. Il mange comme un petit garçon pas très bien élevé, il s'en met partout. Le sucre glace de sa gaufre lui monte jusqu'au bout du nez, tombe sur son manteau et sur le sol. Le chocolat chaud teinte de brun les poils de sa moustache blanche et coule sur son menton. Je l'essuie délicatement avec une petite serviette en papier. Alphonse se laisse faire.

Plus tard, lorsque Élodie nous ouvre la porte, elle n'a pas du tout l'air inquiète et, contrairement à Rosa, ne fait même pas semblant d'être en colère. Avant qu'Alphonse soit placé sous la vigilance des deux femmes, Victoire m'a raconté qu'il aimait se promener tout seul et qu'il se débrouillait très bien. Visiblement, Rosa et Élodie ferment plus ou moins les yeux sur ces sorties. Tant mieux pour lui. Par contre, Élodie qui n'a jamais vu Markus paraît hypnotisée. Un vrai coup de foudre !

Après avoir quitté Markus, je rentre chez moi. J'ouvre grand la fenêtre du salon pour continuer de sentir l'air froid du dehors ; je respire profondément, heureuse, apaisée. Notre cour est jolie, avec ses carrés d'herbe et ses dalles blanches qui mènent vers le hangar à poussettes et à vélos.

Et c'est là que j'entends crier.

Un homme très en colère.

Au départ, je ne vois rien, mais je devine tout de suite : c'est la voix de Marc Marchand, il est dans le local. Quand il en sort, c'est en tirant brutalement une femme par le bras. Teresa. Il lui hurle après et la secoue. Tête baissée, dos voûté, elle émet de petits cris si faibles que je l'entends à peine. Elle est terrorisée.

Quand Louis, toujours dans sa poussette, se met à pleurer, tous les deux se figent. Marc jette à Teresa un regard menaçant, puis il la pousse violemment et lui fait signe d'aller chercher le petit. Au moment où il se retourne pour rentrer dans l'immeuble, je me cache derrière le rideau afin qu'il ne me voie pas.

Ce type est un vrai psychopathe. Est-ce qu'il m'a vue ? S'il venait sonner à ma porte pour me frapper, moi aussi ? Maintenant, je ne peux plus me voiler la face : Perla n'est pas partie pour se reposer mais pour fuir son mari violent. Aujourd'hui, c'est au tour de la pauvre Teresa. Qu'est-ce que je dois faire ?

Plus je réfléchis, plus mes angoisses reviennent. Et si Lou avait raison ? Si Marchand avait assassiné sa femme ? Après tout, qu'est-ce que j'en sais ?

— Je ne pige pas pourquoi tu te mets dans cet état, déclare Mathieu, chez qui je suis allée raconter toute la scène ce soir-là. Ce type traite mal la nounou. C'est horrible, je suis d'accord, mais de là à ce que tu te fasses des nœuds au cerveau… Cette fille n'habite pas chez lui, je crois ?

— Elle vit dans une chambre de bonne, juste au-dessus.

— C'est ce que je dis, elle ne vit pas dans son appartement. Écoute, si tu assistes à une scène vraiment violente, on verra ce qu'on fera.

Je veux lui répondre que c'est justement ce à quoi je viens d'assister, mais Mathieu saisit mon poignet et m'attire dans ses bras. Je le repousse, folle de rage.

— Vous, les mecs, vous ne pensez qu'à ça ! Une femme peut se faire maltraiter, assassiner, découper en morceaux… mais vous, tout ce qui vous intéresse, c'est nous baiser !

Je me lève comme une furie, me rue vers la porte d'entrée et quitte son appartement. Je suis dégoûtée.

Je me précipite dans l'escalier, le cœur battant.

Au troisième étage, je commence à m'interroger. Je viens vraiment de hurler sur Mathieu et de le planter juste au moment où il voulait m'embrasser ? Je ralentis. Et il ne me rappelle pas ? Il n'essaie même pas de me retenir ? Merde, qu'est-ce que je viens de faire ? Je m'immobilise. Non, hors de question de remonter, il s'est comporté comme un sale macho. Tant pis pour lui.

Mais alors, je n'ai plus de cavalier pour m'accompagner au mariage demain ?

19

La cérémonie civile est à 14 h 30 à la mairie. Vers 11 heures, Victoire sonne chez moi.

— Alors, tu t'habilles comment, pour le mariage ?

— Aucune idée. Mais tu vas pouvoir m'aider.

— Waouh, fait Victoire en entrant dans ma chambre.

Tout est sens dessus dessous. J'ai sorti toutes mes chaussures, toutes mes robes et mes jupes, tous mes chemisiers. En fait, plus rien ne me va. Parce que grâce à la piscine, j'ai maigri. J'ai commencé à perdre les petits bourrelets sur lesquels avait tiré Juliette il y a quelques mois. Je suis fière de moi. Mais du coup, mes vêtements sont trop larges.

— Viens avec moi, me dit Victoire d'un ton ferme.

Elle me prend par le bras et m'entraîne dans son appartement.

— Non mais je ne vais pas mettre une de tes robes de concert ! Tu sais, moi, le taffetas qui brille et les frous-frous…

Victoire m'observe avant d'en arriver à la même conclusion.

— OK, on va faire plus simple.

Elle me tend une robe noire très chic ornée d'un petit motif blanc, que j'enfile aussitôt.

— Elle est magnifique ! Merci, merci, merci, dis-je en la serrant dans mes bras.

— Arrête, elle te va hyper bien. D'ailleurs, je te la donne.

— Oh non, je ne peux pas accepter, elle est trop belle !

— Heureusement ! Je ne vais pas t'offrir un truc moche. Allez, on n'en parle plus. Tiens, au fait, j'ai largué Jérémy, enchaîne-t-elle.

— Ah bon ? Mais vous aviez l'air si bien ensemble.

— Oui, mais il devenait soûlant. Et puis j'ai rencontré quelqu'un d'autre. Il est très marrant, je m'amuse comme une folle, avec lui. Je suis trop jeune pour m'ennuyer. Et j'ai besoin de respirer. Tu comprends ?

— Euh, oui, je crois. D'ailleurs, puisqu'on en est aux confidences, Mathieu ne viendra pas au mariage, je l'ai…

— Tu l'as largué ?

Victoire n'en revient pas.

— Mais non ! Pas du tout, en fait.

— Alors quoi ?

J'essaie d'expliquer ma soirée à Victoire.

— Tu t'es embrouillée avec lui à cause de Marchand ? Tu plaisantes ?

— Ben non. Il s'est montré vraiment trop con.

— On parle de Mathieu, le type qui t'a fait fantasmer pendant des semaines. Et avec qui tu as une histoire géniale.

— Je sais. Je vais rattraper ça. Je voudrais juste qu'il réfléchisse un peu, qu'il ne soit pas si égoïste.

— Ma petite Margaux, tous les hommes sont égoïstes, il faut faire avec. Alors si tu es toujours amoureuse de lui, rappelle-le, et vite. Allez, viens, je vais te montrer la robe que je me suis choisie, et on va se maquiller.

Vers 14 heures, on aperçoit quelques personnes autour de Markus et Jérôme au pied de la mairie. Les mariés précédents sortent du bâtiment et descendent le perron au son des youyous et des percussions, sous un jeté de pétales de rose et de grains de riz.

Ça y est, c'est notre tour d'entrer. On est peu nombreux. Les parents de Jérôme que me désigne Victoire sont aussi élégants que leur fils et semblent très émus. Les mariés sont beaux dans leurs costumes clairs. Markus sourit, il est si différent de l'autre jour, quand je l'ai retrouvé avec la lettre de sa mère. Aujourd'hui, c'est moi qui suis bouleversée. D'ailleurs, je verse toujours une petite larme pendant les mariages. Et pour une fois, j'ai mes raisons :

Mathieu n'est pas là, avec moi, et visiblement la sœur de Markus n'est pas venue non plus.

Dans la salle des mariages, on s'assoit en rang serré près d'une belle table sculptée derrière laquelle se tient l'adjoint au maire. Lorsqu'il commence à lire son registre avec les noms des futurs époux, les larmes ruissellent sur mes joues. Si bien que je ne réalise pas que la porte s'ouvre, se referme, et que des pas résonnent sur le parquet. Victoire me donne un coup de coude avant de me tendre un Kleenex.

— Hé ! On n'est pas à un enterrement. Retourne-toi discrètement, chuchote-t-elle.

Un couple vient d'entrer. L'homme tient dans ses bras un bébé endormi, dont la tête inclinée repose sur son épaule. Ils s'assoient au fond de la salle. Markus pousse alors un petit cri. Il a juste le temps de faire un signe de la main, auquel répond celle qui ne peut être que Luise, avant de se retourner. Car l'adjoint ne marque aucune pause et Markus va bientôt devoir dire oui. Il est si troublé qu'il répond en allemand.

Les mariés s'embrassent sous nos applaudissements, je renifle bruyamment. Même Victoire a l'air émue.

Après la cérémonie, la sœur de Markus s'avance vers lui et le prend dans ses bras. Ils sont en larmes. Je n'ai jamais vu autant de gens pleurer pendant un mariage. On les laisse se retrouver et on sort de la salle. Eux-mêmes devront bientôt quitter les lieux, la mairie va fermer. Jérôme se dirige vers l'homme qui tient l'enfant endormi et lui serre la main. Un membre de la famille mitraille tout le monde avec son appareil photo, puis on descend tranquillement l'avenue Laumière pour rejoindre Les Chics Types. Je boirais bien un verre pour me remettre de mes émotions.

On est accueillis par la marche nuptiale que tout le monde connaît, ce qui nous redonne tous le sourire. Le champagne, les flûtes et des tonnes de petits-fours sont disposés sur des tables. Victoire va saluer les parents de Jérôme qui sont totalement sous son charme. Cette fille a une aura, une aisance qui me fascine. Markus vit ce qui doit être un des plus beaux moments de sa vie : son beau-frère vient de déposer dans ses bras son neveu, et le petit garçon le dévisage de ses immenses yeux sombres.

Je me sens un peu seule et inutile. Je n'ai pas osé rappeler Mathieu depuis hier soir et lui ne l'a pas fait non plus. Ma flûte à la main, je m'approche de la baie vitrée et regarde l'avenue dont les réverbères viennent de s'allumer. Si les piétons qui vont au parc et en reviennent encombrent les trottoirs, il n'y a presque pas de voitures, comme toujours sur cette avenue paisible. En face, une vieille dame tire péniblement son caddie. Elle se fait dépasser par un ado en trotti, puis par une maman pressée qui avance, une main posée sur sa poussette, son portable collé à l'oreille. Un petit garçon marche à ses côtés. Un immense ballon gonflé à l'hélium à l'effigie de Superman est attaché à son poignet. Je me souviens des miens, qui restaient suspendus au plafond de ma chambre pendant des semaines quand mon frère et moi on arrivait à faire craquer ma mère. Mon préféré, c'était Minnie, avec ses socquettes blanches et sa robe rouge à pois.

Je suis toujours plongée dans mes souvenirs quand je vois passer deux hommes juste devant moi. Merde alors, Marc Marchand. Légèrement penché en avant, il écoute un autre type qui fait de grands gestes et qui a l'air très énervé… un type que je reconnais. Édouard ? C'est vraiment lui ? Ils sont passés très vite, et pourtant, je parierais que c'est bien lui que j'ai aperçu.

Je me précipite vers la sortie pour vérifier, mais quelqu'un me retient par l'épaule.

— Margaux, laisse-moi te présenter ma sœur Lydie, annonce Jérôme.

Je salue la jeune femme puis je tourne la tête : les deux silhouettes s'éloignent et je ne peux plus rien faire.

— Ma sœur vit de l'autre côté du canal, elle a des problèmes de dos depuis des années et je lui ai parlé de toi.

Alors que Lydie se lance dans une explication détaillée de ses problèmes de lombaires et d'articulations, je prends mon air professionnel et concentré. Mais mon esprit est ailleurs. Marchand et Édouard se connaissent ? Incroyable ! Je ne comprends plus rien. Quel lien y a-t-il entre ces deux hommes si différents ? Il va falloir que j'en parle à mon oncle. Cette fois, il m'écoutera peut-être.

20

Il fait déjà nuit lorsque je quitte la fête. En poussant la porte de l'immeuble, je bondis. Alphonse est là, dans le noir, devant les boîtes aux lettres. Cette vision me rappelle notre première rencontre et, s'il ne m'avait pas fichu la trouille de ma vie, ça me ferait sourire. Il y a autre chose qui cloche : il est en robe de chambre et en chaussons, avec sa casquette sur la tête et son sac en bandoulière. Alphonse est très concentré : il essaie de forcer l'une des boîtes. Il a encore confondu celle d'un voisin avec la sienne.

— Attendez, Alphonse, je vais vous aider.

Il est nerveux. La main sur la clé qui résiste, il agite son bras de haut en bas en poussant des petits grognements. C'est la boîte des Marchand.

— Ce n'est pas la vôtre, Alphonse, ça ne sert à rien, elle ne va pas s'ouvrir.

— Je vais l'ouvrir, vous allez voir.

— Je vous répète que ce n'est pas la vôtre.

Je pose la main sur son poignet pour l'arrêter, mais il me repousse.

— Laissez-moi tranquille, je suis occupé.

— C'est la boîte aux lettres des Marchand.

— Oui, je veux vérifier.

— Vérifier quoi ?

Il interrompt ses gesticulations et tourne vers moi ses yeux hagards.

— Qu'elle s'est barrée, la petite femme toute grise.

— Vous parlez de Perla Marchand ? dis-je en chuchotant.

— Le Marchand, c'est un salopard. Elle, elle reviendra pas. Elle reviendra pas, je vous dis ! hurle-t-il.

Alphonse commence à me faire peur. Ses yeux s'écarquillent et sa respiration est haletante. Si la gardienne avait été dans sa loge, elle serait déjà sortie avec son bâton.

À cet instant, la porte s'ouvre. M. Cohen, mon voisin du troisième, entre. Quand il me voit, il me fonce dessus.

— Ah ! mademoiselle Klein, je suis content de vous voir. Justement, j'allais passer chez vous. Je voulais vous demander… Vous avez dû remarquer que ma femme était enceinte.

— Oui, félicitations !

— Merci. Elle est très fatiguée et se couche de plus en plus tôt.

— Vous trouvez que je fais trop de bruit ?

— Ce n'est pas ça mais... votre salon est juste au-dessus de notre chambre et... je ne sais pas ce que vous regardez comme films, mais tous ces hurlements, c'est stressant, non ? Alors, s'il vous plaît, vous pourriez mettre un casque ? Ou au moins baisser le son ?

— Je suis désolée, je ne me doutais pas que...

Alphonse, que notre conversation n'intéresse visiblement pas et qui s'impatiente, se met à rire nerveusement en me tapant sur l'épaule. Notre voisin le regarde enfin, je vois ses yeux passer de son visage à sa robe de chambre puis à ses chaussons.

— Bien, je crois que vous avez d'autres priorités en ce moment, je vais vous laisser. Mais baissez le son, d'accord ?

— Absolument, désolée !

— Bonne soirée, mademoiselle.

Il disparaît dans la cage d'escalier.

— Alphonse, on va rentrer, maintenant, dis-je. Vous venez ?

J'agrippe son bras et le tire vers l'ascenseur. Il l'attend, le nez collé contre la paroi comme s'il était au piquet. Je le pousse doucement dans la cabine étroite, appuie sur le 2 et grimpe les marches pour le réceptionner. Lorsque je l'aide à sortir, il éclate d'un rire hystérique et crie :

— Coucou !

Je sonne chez lui, mais personne ne vient ouvrir.

— Alphonse, c'est Élodie ou Rosa qui est avec vous, en ce moment ?

Il ne répond pas. Secoué par le rire, il me tend une clé. Nous entrons ensemble. Curieux, l'appartement est vide. Au salon, je le laisse s'installer dans son grand fauteuil et prendre la télécommande de sa télé. Je m'assois près de lui sur une vieille chaise défoncée.

— Oh, elle n'a pas pris la liste, dit-il en regardant la tablette posée à côté de son siège. La petite jeune, la petite Lolo. Je lui ai fait une liste de courses, elle l'a oubliée. Comment elle va faire ? Et mon café, alors ?

Il me tend un bout de papier. Je sursaute. Ce n'est pas une liste qu'Alphonse a écrite, mais une suite de hiéroglyphes. Qu'est-ce qui lui arrive ? Je comprends pourquoi Élodie ne l'a pas emportée.

Au bout d'un moment, alors qu'Alphonse zappe frénétiquement, le volume monté au maximum, je m'approche de lui.

— Dites, vous parliez de Perla Marchand, tout à l'heure. Elle est partie chez sa mère, vous étiez au courant ?

— Chez sa mère ? Pouah. La petite qui a pris sa place…

— Teresa ?

Pas de réponse. Alphonse observe avec intérêt une miss Météo en minirobe stretch ultramoulante.

— Alphonse ? Vous voulez parler de Teresa ?

— Les mêmes, elles parlent la même langue, elles pourraient être sœurs, vous ne trouvez pas ?

— Pas trop, non.

Alphonse tourne brusquement la tête vers moi et ouvre grand les yeux, cette expression qui me fait toujours un peu flipper.

— Regardez bien. C'est facile. On la met à la place de l'autre, et hop ! on n'y voit que du feu. Ces filles grises, toutes pareilles.

J'entends alors le bruit d'une clé qu'on introduit dans la serrure. Élodie entre, un caddie derrière elle.

— Bonjour, Margaux, tu es venue rendre visite à Alphonse ? Vous en avez de la chance, monsieur, toutes ces jolies dames qui viennent vous voir !

— Ah bon ? Qui d'autre est venu ?

— La dame de l'association, m'explique-t-elle.

— Quelle association ?

— Je ne sais pas trop. C'est un truc du quartier, ils s'occupent des vieux… pardon, des personnes âgées.

— Ils font quoi, exactement ?

— Ils leur tiennent compagnie, ils leur lisent des prières, les aident pour leur paperasse, tout ça.

— Des prières ?

— Oui, des trucs catholiques.

— Mais Alphonse est juif.

— Oh, lui, il s'en fiche, du moment qu'une jolie dame vient lui faire la lecture, dit-elle en m'adressant un clin d'œil.

— Lolo, vous avez mon café, hein ?

— Bien sûr, monsieur.

Alphonse sourit jusqu'aux oreilles et se renfonce dans son fauteuil.

Je suis Élodie dans la cuisine avec la fameuse liste.

— Dis, c'est quoi ce truc ?

— Oui, je sais, c'est bizarre.

— Mais normalement, il écrit bien, non ?

— Ben oui. C'est peut-être parce qu'il n'a pas eu sa piqûre. On a un problème avec l'infirmière qui vient une fois par semaine. Elle a fait un burn-out et elle est absente depuis quinze jours. Et quand Alphonse n'a pas sa piqûre, il déraille complètement.

— Et son tuteur, il est au courant ?

— Ah, celui-là, m'en parle pas ! Il a quand même promis de trouver quelqu'un, alors on attend.

— Tiens-moi au courant, si je peux faire quelque chose.

— Merci, Margaux, c'est hyper sympa. Au fait, je voulais te demander, commence Élodie en devenant écarlate, le jeune homme qui était avec toi, l'autre jour, c'est ton mec ?

— Non, mais il vient de se marier…

— Je me disais aussi, un gars tellement beau !

— … Avec un homme.

— Ah. Donc tu penses que c'est sans espoir ?

— Pour toi et moi, oui, clairement.

Enfin rentrée chez moi, je me pose un moment sur mon canapé pour faire le point sur ma situation. Je suis sûre d'une chose : je n'ai pas envie de perdre

Mathieu parce que je tiens trop à lui. Je sais que c'est un peu compliqué pour tout le monde de me suivre, en ce moment. Et c'est vrai qu'il n'est pas le seul à ne rien comprendre à ce qu'il se passe chez les Marchand. Personne ne me croit, personne n'a envie de se poser de questions. Il n'y a que Lou et Alphonse que ça intéresse, une gosse fouineuse et un vieux cinglé...

J'appelle Mathieu et tombe sur son répondeur. Il me fait la tête ? Je me lance quand même.

— Mathieu, c'est moi. Je voulais te dire que je me suis un peu énervée, hier soir. Je suis désolée d'avoir réagi comme ça mais... je pense vraiment que Perla... Bref, pas la peine de revenir là-dessus. Voilà, je ne veux pas qu'on se dispute à cause de ça. Parce que je suis bien avec toi. Rappelle-moi s'il te plaît. Fais-moi signe. Vite. D'accord ? Bisous.

21

J'ai passé la soirée à fixer mon téléphone, comme la fois dernière, après ma nuit ratée avec lui. Il ne m'a répondu que le lendemain. Par texto. Pour me proposer d'aller voir un film mardi soir. Une salle de cinéma : il veut éviter que je parle, c'est ça ?

Toute préoccupée par Mathieu, je n'ai pas pris le temps d'aller voir mon oncle et de le questionner sur Édouard. Mardi matin, je m'invite au petit déjeuner. Aurélien me trouve meilleure mine bien qu'amaigrie.

— Oui, c'est fait exprès, tonton, j'avais quelques kilos en trop.

— Ne maigris pas trop, Margaux, les filles de ta génération semblent obsédées par leur poids. Alors que les hommes vous préfèrent avec des formes. Personnellement, je n'y comprends rien.

— Tu charries, des formes, j'en ai en réserve !

— Reste comme tu es, ma chérie. Allez, viens dans la cuisine, on va se préparer un plateau.

À la fin de notre petit déjeuner, j'aborde le sujet délicat.

— Dis-moi, tu l'as connu où, Édouard ?

— Pourquoi tu t'intéresses à lui, tout d'un coup ? Je croyais que tu ne le supportais pas ?

— Je sais, c'est bizarre, mais je l'ai vu avec mon voisin, M. Marchand, celui dont la femme est partie.

— Tu en es sûre ?

— Absolument. Ils discutaient avenue Laumière.

— Quand ça ?

— Samedi dernier.

— Au fond, ça n'a rien d'étonnant. Édouard connaît énormément de monde grâce à ses fonctions à la préfecture et il rend service à beaucoup de gens. Si ça se trouve, ce M. Marchand l'a sollicité.

Voyant que je garde un air sceptique, mon oncle repose brusquement sa tasse.

— Margaux, tu vas trop loin. Je commence sérieusement à m'inquiéter pour toi. Qu'est-ce que tu as encore imaginé ?

— Mais rien. Je me demande pourquoi ils se fréquentent, c'est tout.

— Arrête, je t'en supplie. Arrête tout de suite, répond-il d'une voix alarmée. Je vais te donner les coordonnées d'une amie psychiatre, et tu vas l'appeler immédiatement. Si tu continues comme ça, on va finir par t'hospitaliser. Je vais devoir prévenir tes parents.

— Tonton ! Ne te mets pas dans cet état !

— Il ne s'agit pas de moi, Margaux. Maintenant tu imagines des choses... C'est grave, il va falloir que tu te soignes.

Je n'en reviens pas. Mon oncle me prend pour une folle.

Je me dépêche de finir mon café et me sauve, sans pouvoir échapper au petit papier qu'il a gribouillé, avec les coordonnées de la psychiatre.

En fin de journée, j'aperçois Teresa qui sort d'un immeuble voisin en poussant le landau de Louis. Je l'attends pour lui tenir la porte. Je vérifie que Mme Ménard et son abominable clebs ne sont pas dans les parages avant de lui demander :

— Vous allez dans le local à poussettes ? Je vais vous ouvrir.

— Merci.

— Vous vous occupez de Louis à plein temps ?

— Non, il a nounou à côté. Je le emmène matin et je vais le cherche pour le soir.

J'entre avec elle dans la cour pour l'aider mais la poignée du local résiste.

— Merci, je peux me débrouille, déclare Teresa en se glissant devant moi.

Elle ouvre la porte et range la poussette.

Il faut que je me dépêche. Marc Marchand est encore au travail et Mme Ménard ne nous a pas encore sauté dessus.

— Teresa, j'ai vu M. Marchand vous bousculer, l'autre fois, vous ne devez pas vous laisser faire. Je suis là. Il y a des solutions, je peux vous aider.

Visiblement, je la rends nerveuse. Elle se bat avec la poignée pour fermer le local puis tourne vers moi un visage écarlate.

— Laissez-moi tranquille ! s'écrie-t-elle. Pas besoin d'aide, je va très bien.

— C'est faux ! J'ai tout vu, l'autre jour.

— Arrêtez de me embêter, je vais dire à M. Marchand.

Teresa s'enfuit de la cour à toute vitesse. Louis, ravi de cette course improvisée, éclate de rire.

Je suis paumée. Pourquoi est-ce qu'elle refuse mon aide ? J'ai l'impression d'être dans une impasse, incapable de comprendre et encore moins d'agir. Je suis tirée de mes réflexions par mon téléphone. C'est Rosa. Et c'est inquiétant.

Tu es loin ? Tu peux passer ? Urgent. Mrc

Je grimpe quatre à quatre l'escalier jusqu'au deuxième. Rosa m'ouvre sur-le-champ. Elle est tendue, et j'entends des voix dans le salon. Étrangement, comme si elle ne m'avait jamais demandé de venir, elle lance d'un ton faussement enjoué :

— Ah, Margaux, comme c'est gentil de passer ! Eh bien, ça en fait du monde pour monsieur, aujourd'hui ! Ces messieurs-dames de l'association sont là aussi. Entre, Margaux.

Alphonse est vautré comme d'habitude dans son grand fauteuil face à la télévision. Tout près de lui, une femme est assise sur une chaise, la main posée sur la sienne. Elle me fixe d'un air méfiant et hostile pendant que Rosa lui explique que je suis une voisine qui vient souvent lui donner un coup de main.

Sort alors de la chambre d'Alphonse un homme qui me salue du bout des lèvres. Qu'est-ce qu'il fabriquait, seul dans cette pièce ? Je suis au moins sûre d'une chose : ma présence déplaît à ce couple.

— Et quelle est la mission de votre association ?

— On prend en charge les personnes âgées qui sont livrées à elles-mêmes, et Dieu sait si elles sont nombreuses dans le quartier, me dit la femme.

— De plus en plus nombreuses, même, renchérit l'homme.

Ils m'agacent, tous les deux, avec leur ton condescendant.

— Pour Alphonse, pas la peine de vous en faire, dis-je. Dans l'immeuble, on veille un peu tous sur lui.

— C'est bien aimable, mais vous devriez laisser les gens compétents le prendre en charge. De toute façon, on songe à faire une requête pour que M. Zylberstein soit placé dans un endroit où il sera plus en sécurité. Vous ne pouvez pas y veiller vous-mêmes, vous comprenez bien.

Je serre les poings et opte pour le même style obséquieux.

— Mais c'est Rosa et tous les professionnels gérés par son tuteur qui s'en chargent. Nous, dans l'immeuble, on est là par amitié.

— Par amitié ? réplique la femme, légèrement moqueuse.

— Je ne comprends pas.

— C'est sans importance, moi je me comprends.

J'ouvre la bouche pour demander des explications à cette espèce de garce quand je croise le regard paniqué de Rosa. Très bien, je ne vais pas envenimer la situation. Je m'approche d'Alphonse.

— Comment ça va, aujourd'hui ? dis-je d'une voix aussi enjouée que possible.

Il me décoche son sourire radieux.

— Ça va, et vous ?

— La vie est belle. Dites donc, vous êtes bien entouré !

— Vous avez vu ! Mais elle est moche, la vioque. Je préfère les jolies filles comme vous.

Alphonse part d'un rire hystérique et on baisse tous les yeux d'embarras, à l'exception de Rosa que j'entends glousser.

— Ça suffit, monsieur Zylberstein, intervient la femme. Rosa, qu'est-ce que vous attendez pour lui servir son dîner ? Vous avez vu l'heure ? Le pauvre, il aurait vraiment besoin d'être mieux traité, me dit-elle d'une voix plus basse dès que Rosa a quitté la pièce.

Son regard est glacial.

— Nous constatons trop régulièrement le manque de soins dont il souffre, n'est-ce pas, Robert ?

L'homme acquiesce.

— Ma collègue a raison, nous allons rapidement contacter son tuteur. Bien, mademoiselle, c'est très aimable à vous d'être passée. Je vous raccompagne.

C'est tout juste si Robert ne me tire pas par le bras pour me jeter dehors. Je croise le regard de Rosa qui, en miroir du mien, semble impuissant et dépité. La porte claque dans mon dos. Mais qui sont ces gens ? Qu'est-ce qu'ils cherchent ?

Je me retrouve alors nez à nez avec Guy, qui arrive à pied du troisième étage.

— Encore ces fichus culs-bénits de malheur !

— Eh bien, vous n'aimez vraiment personne, vous, lui dis-je.

Sans me prêter attention, Guy poursuit sa course.

Et c'est à cet instant que je me souviens de mon rendez-vous avec Mathieu. Merde, quelle heure est-il ? Oh non, j'ai une demi-heure de retard, et c'est encore à cause de mes voisins.

Je me jette dans ses bras en entrant dans son appartement.

— Pardon, pardon, je suis désolée, c'est à cause de…

Et je m'arrête net. Si je lui dis la vérité, je vais le perdre définitivement.

— Je crois qu'on a raté la séance, me dit-il.

— Ah, tant pis alors.

Je l'attrape par le col de son T-shirt et l'entraîne directement dans sa chambre.

22

À cause des Marchand, ma vie a pris une tournure étrange, ces derniers mois : tout ce que j'ai vu et entendu me pousse à croire que ma voisine a de graves ennuis, que son mari est un homme violent et dangereux. Je n'ai aucune idée de l'endroit où Perla se trouve. Est-ce qu'elle se cache, est-ce qu'elle est morte ? Tout ce que je sais, c'est que quelque chose ne va pas. Pas du tout. Mais je suis la seule adulte censée à le comprendre. Avec Teresa, peut-être. Et personne ne veut me croire. Tout le monde me prend pour une fille obsédée par ses voisins. C'est dingue, ça, quand même ! Et à cause de cette histoire, je n'arrive pas à vivre ma relation géniale avec un mec génial. D'ailleurs, cette semaine, Mathieu est à Nancy et, contrairement à la fois précédente, il ne m'envoie plus trois textos par jour avec des tas de smileys cœur et bisous. J'ai tellement peur qu'il se lasse et qu'il me largue… Merde, qu'est-ce que je peux faire pour empêcher le désastre ?

En attendant son retour, je regarde des films d'horreur tous les soirs. À commencer par *Grave,* dont l'héroïne, une gamine de seize ans, se découvre un penchant cannibale le jour où elle dévore la lèvre d'un type au lieu de l'embrasser. Je revois aussi *Where the Skin Lies,* que j'ai découvert pendant un festival de films d'horreur à Londres (oui, je pousse le vice jusque-là), où de jeunes trentenaires enfermés dans une maison aux forces maléfiques sont massacrés les uns après les autres quand ils ne s'entretuent pas. Durant les scènes les plus gore, j'attrape la Barbie spectrale de Lou qui est posée à côté de moi sur le canapé, la fouine n'étant toujours pas venue la récupérer.

Lou, justement… Ce soir, à l'heure du bain de Petit Asticot, elle sonne chez moi. On pourrait presque vivre avec nos portes ouvertes, dans cet immeuble, ça éviterait d'abuser des sonnettes. La fouine est venue faire la paix et elle a apporté de nouvelles poupées. Pour la première fois, l'une d'elles est un garçon. Sa peau est jaune citron et ses cheveux orange vif. J'imagine qu'à son âge, ça m'aurait plu.

— Coucou Margaux, je viens voir si tu as bien pris soin de Clawdeen.

Clawdeen est la poupée aux dents de vampire et aux oreilles de chat qui partage en ce moment mes soirées.

— Ben évidemment, c'est ma grande copine. Mais tu peux la reprendre, tu sais.

— Non. En fait je suis venue t'apporter son mec, comme ça tu as le couple.

Elle dépose son Ken tout jaune à côté de Clawdeen.

— Tu ne te sens pas trop seule, dans ton grand appartement ?

— Non, ça va. Et puis vous êtes là.

— Oui, mais moi j'ai mon papa, ma maman.

— Et ton petit frère.

— Et Petit Asticot, mouais. Mais toi, tu es toute seule !

— Oui, je sais, Lou.

— Tu as un amoureux ? Parce que je ne t'ai pas revue te faire belle et tout, comme l'autre soir.

— Je suis amoureuse, mais en ce moment je me demande si c'est réciproque.

Je n'en reviens pas. Je suis en train de faire des confidences intimes à une gosse. Je suis à ce point désespérée ?

— T'inquiète, tu n'es pas trop mal, il doit bien t'aimer.

— Merci, Lou, c'est gentil.

— Pas de quoi, dit-elle avant de pousser un soupir. Bon, sinon, j'avais raison, elle revient pas, Mme Marchand.

— Oh, Lou, je croyais qu'on arrêtait avec ça. Elle est chez sa mère, dis-je en espérant que je ne rougis pas devant ce flagrant délit de mensonge.

Pourtant, je continue.

— Et puis, si elle ne veut pas revenir, c'est son droit. Toi et moi, on sait qu'elle se disputait tout le temps avec son mari, alors elle a peut-être décidé de s'en séparer.

— Ne sois pas bête. Ma mère ne se séparerait jamais de Petit Asticot et de moi. Elle nous aime trop.

— Toutes les mères ne sont pas comme la tienne, je réplique, un peu vexée.

— Je suis sûre qu'il l'a fait disparaître. Ou qu'il la retient prisonnière. Il faudrait qu'on aille vérifier chez lui. On trouverait peut-être des indices. Je ne sais pas, moi, des traces de sang, un cadavre…

— Eh ! ça va pas, non ?

— Écoute-moi, Margaux ! Si ça se trouve elle est attachée et elle attend d'être délivrée. Tu as déjà lu Fantômette ?

— Je ne vois pas trop le rapport.

— Ma mère m'en a acheté plein mais je les lis pas, c'est grave nul. Lui dis pas, elle croit que je suis fan. Je veux pas lui faire de chagrin, à ma mère, elle est cool, tu sais. Elle adorait Fantômette quand elle était petite. Mais ça m'a donné une idée. Si on mettait ses habits de camouflage pour pas qu'on nous reconnaisse et qu'on entrait fouiller chez les Marchand ? Hein, qu'est-ce que tu en dis ? Et puis si tu veux, je cherche dans les bouquins, elle doit avoir des tas d'astuces pour ouvrir les serrures.

— Certainement pas ! On ne rentre pas chez les gens, on ne fouille pas dans leur vie, c'est interdit. Tu vas finir en prison.

— C'est pas vrai. Tu es trop peureuse, je vais aller en parler à Alphonse. Puisque c'est comme ça, je reprends mes poupées !

Furieuse, la fouine se lève et part en claquant la porte. Quel foutu caractère.

Après son départ, ses paroles me trottent dans la tête. Lou ne se doute pas une seconde que j'ai les mêmes soupçons qu'elle. Ceci dit, elle n'a pas tort. Si je pouvais entrer dans leur appartement... Juste cinq minutes, pour voir si je trouve quelque chose. Mais comment ?

C'est en me réveillant le lendemain matin qu'une idée me vient. Je vais piquer la clé sur le tableau de Mme Ménard. C'est du délire, j'en ai bien conscience, mais c'est la seule solution. Je dois prouver qu'il se passe un truc louche chez mes voisins. Pour qu'on me croie enfin. Pour qu'on m'aide. Pour mon avenir avec Mathieu.

Je m'organise et ne prends aucun rendez-vous durant une matinée entière. Très tôt, je descends frapper chez Mme Ménard. J'ai remarqué qu'elle possède une grosse boîte à outils, ce qui jure un peu avec son look. Aujourd'hui, elle est en mode classique :

jupe longue écossaise verte et bleu marine, pull en laine bleu marine à col rond, collier de perles et clips assortis. Un foulard en soie entoure son cou. Elvis est habillé, lui aussi, avec un imperméable genre Burberry's. Malgré sa tenue chic, il se conduit encore avec moi en sale roquet agressif.

— Elvis, ça suffit ! s'énerve Mme Ménard. Au panier, tout de suite.

Le chien me jette un œil féroce avant de faire demi-tour et de disparaître derrière le voile de son lit à baldaquin.

— Mademoiselle Margaux, qu'est-ce que je peux faire pour vous ?

— Je voulais juste vous emprunter un tournevis, un cruciforme. De taille moyenne. Vous auriez ça ?

— Bougez pas, je vais voir.

Mme Ménard se retourne pour aller chercher l'outil au fond de sa loge. C'est le moment. Je m'avance vers le tableau et décroche la clé du cinquième gauche. Mes doigts tremblent et mon cœur bat très fort quand je la glisse dans la poche arrière de mon jean. Elvis a jailli de son abri et aboie comme un fou en montrant les crocs. Je recule vers la sortie. Heureusement qu'il ne sait pas parler.

— Votre chien est un sacré bon gardien, dis-je en lui adressant un sourire crispé.

Mme Ménard revient avec son cruciforme et me fixe d'un regard noir.

— Ce chien est très intelligent, mademoiselle Margaux. Tenez, poursuit-elle en me tendant l'outil. N'oubliez pas de me le rendre.

— Je vous le rapporte en fin de matinée, promis.

Je continue de m'éloigner à reculons, je ne voudrais surtout pas qu'elle remarque la bosse que la clé des Marchand doit former dans ma poche. Comme elle n'a pas l'air de vouloir fermer sa porte, je marche de côté pour atteindre la porte vitrée et la cage d'escalier. Après avoir grimpé les premières marches, je monte les suivantes quatre à quatre. Essoufflée, je pénètre chez moi et reste collée à l'œilleton, à observer le palier et à écouter les bruits de l'immeuble.

Enfin, la porte de Marchand s'ouvre et se referme, j'entends mon voisin la verrouiller, puis monter dans l'ascenseur. Je me mets discrètement à la fenêtre : c'est bien lui qui s'en va, attaché-case à la main. J'attends qu'il ait tourné au coin de la rue puis je patiente encore pour m'assurer qu'il n'a rien oublié et ne revient pas sur ses pas.

Une demi-heure plus tard, je grimpe jusqu'au cinquième. Par précaution, je sonne. J'ai déjà entendu Teresa venir plus tôt chercher Louis pour le déposer chez la nounou, mais on ne sait jamais.

Personne. Pas un bruit. Je sors la clé, la glisse dans la serrure aussi doucement que possible. La porte cède et je la referme en silence. Une forte odeur d'après-rasage règne dans l'entrée, qui est aussi spacieuse que la mienne. Il y a une pile de courrier qui s'entasse sur un petit guéridon et je le passe en revue : factures, lettres administratives, toutes au nom de Marc Marchand. Rien à celui de son épouse, rien de sa part non plus. Mais je vais aller vérifier sur le bureau, s'il y en a un.

Au bout du couloir à droite, côté rue, je débouche sur une vaste pièce. Salon, salle à manger et cuisine à l'américaine, ce qui correspond chez moi aux deux chambres. Je fouille les papiers bien rangés sur une vieille commode. Pas plus de courrier au nom de Perla Marchand. Sur la table basse, devant l'immense télévision, une assiette sale, des couverts poisseux, une bouteille de bière vide, restes du dîner de la veille, assurément un dîner d'homme seul. La décoration de l'appartement est sinistre : des meubles en bois sombre lourds et austères, aucun livre, aucun bibelot, rien non plus aux murs. Et aucune marque de présence féminine.

Le parquet grince quand je traverse à nouveau le couloir pour entrer dans la chambre à coucher. Un grand lit à moitié fait, deux oreillers froissés empilés l'un sur l'autre au milieu, une paire de chaussons sur la descente de lit gris foncé et poussiéreuse.

J'ouvre la grosse armoire. Des vêtements d'homme, costumes, chemises, manteaux. Dans la commode : des chaussettes d'homme, des caleçons, des T-shirts, le tout dans un grand désordre. Mais rien, absolument aucun vêtement féminin. Toute trace de Perla a été effacée. Mais au moins, si j'avouais à Lou ce que je suis en train de faire, je pourrais la rassurer : notre voisine n'est pas séquestrée ici, et il n'y a ni cadavre ni taches de sang sur les murs.

Même constat dans la salle de bains. Une brosse à dents, un peigne, le nécessaire de rasage, l'après-rasage aux effluves puissants. Une serviette traîne sur le sol, la propreté du bac à douche et du lavabo est douteuse.

Tout d'un coup, une idée me frappe. Mais où est le berceau de Louis ? Où sont ses affaires ? Je regagne le couloir et pousse la porte de ce que j'ai pris pour un placard. La pièce, face à l'entrée, devait être à l'origine un dressing. Elle est étroite, tout en longueur, elle ne comporte aucune fenêtre et c'est une vraie puanteur.

Je trouve l'interrupteur. C'est bien la chambre du bébé. Un lit à barreaux, un mobile suspendu au-dessus, un panier à linge où s'amoncellent des petits vêtements froissés, un autre avec des jouets, une table à langer et des couches sales qui jonchent le sol. C'est sordide. Les murs sont blancs, le parquet est nu. Pas un tapis, pas la moindre décoration, aucune veilleuse pour tenir compagnie au bébé la nuit. Il n'y a que le mobile, quatre pantins en bois sinistres et grimaçants qui ressemblent à des Pinocchio psychotiques.

Je crois avoir fait le tour de l'appartement. Cet endroit est tellement étrange, on dirait que Perla n'a jamais vécu ici. Et qu'elle ne reviendra jamais non plus. C'est brutal, sans appel. En réalité, je ne sais pas quoi faire de cette découverte. Mais j'y réfléchirai plus tard. Je dois me tirer d'ici avant qu'on me surprenne.

Je m'approche de la porte d'entrée et colle l'oreille contre le battant. J'entends un son régulier. Un frottement, doublé d'une sorte de grommellement. Oh non ! Mme Ménard nettoie l'escalier. Et merde, je suis coincée dans l'appartement pour un bon moment. Pourvu que personne ne revienne maintenant.

De plus en plus stressée, je tourne sur moi-même à la recherche d'une solution, d'une issue de secours miraculeuse. Évidemment, il n'y en a aucune. Il ne me reste plus qu'à prendre mon mal en patience et à attendre que Mme Ménard ait fini son ménage.

Je regagne la pièce où trône l'énorme écran plat. À travers la fenêtre, j'aperçois l'immeuble de Mathieu. Cachée dans l'embrasure, abritée par le rideau, je glisse un œil au cinquième étage. D'ici, contrairement à chez moi, on peut voir son salon. Mathieu n'est pas encore rentré. Je réalise alors que je prends trop de risques. Quelqu'un pourrait me voir. Je repars très vite dans le couloir.

23

Une demi-heure plus tard, je peux enfin quitter l'appartement des Marchand. J'ai aperçu Mme Ménard dans la rue : elle crie sur Teresa, qui lessive le trottoir devant l'immeuble d'en face. Le cœur battant, je verrouille la porte et descends à mon étage. Enfin en sécurité chez moi, je lâche un immense soupir de soulagement et attends que les pulsations qui résonnent jusque dans mon crâne s'apaisent.

Mais ma mission n'est pas terminée : je dois rendre la clé et le tournevis à la gardienne. Je sais bien que je n'arriverai pas à raccrocher la clé à sa place sans qu'elle me voie. Alors j'ai prévu une petite feinte.

Plus tard dans la matinée, la gardienne, en tablier rose fluo, m'ouvre et me regarde bizarrement tandis que je marche en crabe vers le tableau, la main tenant la clé cachée dans mon dos.

— Je vous rends votre cruciforme. Merci beaucoup, dis-je en le lui tendant de l'autre main.

En même temps, je me tortille et pose la clé derrière moi sur la tablette, juste en dessous du tableau. En entendant un léger cliquetis au moment où je la dépose, je fais semblant d'être prise d'une quinte de toux. Mme Ménard s'approche et me tape violemment dans le dos. Pas grave, je me suis débarrassée de la clé !

L'après-midi ne se passe pas très bien, au cabinet. Je suis incapable de me concentrer sur mes patients, obsédée par ce que j'ai vu chez les Marchand.

Le soir, sachant que Jérôme est parti en Suisse, je sonne chez Markus, le seul de mes potes qui fait encore des efforts pour me comprendre.

Sigmund, le gros chat roux, saute sur mes genoux en ronronnant quand on s'assoit sur le canapé.

— Markus, je commence, il n'y a qu'à toi que je peux raconter ce qui m'arrive. Je voudrais te demander ton avis.

Markus bondit de son siège quand je lui explique ce que j'ai fait. Sigmund, effrayé, plante ses griffes dans mes cuisses avant de sauter et de disparaître. Ça fait très mal.

— Mais qu'est-ce qui t'a pris ? Tu veux finir en prison ? Et tu crois qu'on peut berner Frau Ménard ? Lui piquer des clés, à elle ! Avec son roquet qui ne peut pas te blairer, en plus. T'es complètement malade !

Markus arpente la pièce, incapable de se calmer. Je tente de me justifier.

— Il fallait que je le fasse. On ne disparaît pas comme ça quand on est une jeune maman, je sais que tu es d'accord avec moi. On dirait que Perla n'a jamais vécu dans cet appartement. Il n'y a plus aucune affaire à elle. Rien. Tu ne trouves pas ça inquiétant ?

— Je suis d'accord avec toi, tout est bizarre dans cette histoire, mais quand même… entrer par effraction. Et puis, qu'est-ce que ça signifie, tout ça ? Qu'est-ce qu'il faut faire ?

— Je n'en sais rien. Aller affronter Marchand ensemble ? Qu'il nous dise pourquoi sa femme n'habite plus ici ?

— Il va te répondre qu'elle est chez sa mère et qu'elle ne veut plus revenir, ce qui est probablement vrai.

— Et si j'allais tout raconter à la police ? Ils voudront peut-être contacter Perla. D'ailleurs, ce n'est pas un délit, d'abandonner son enfant ?

— Alors là, je te déconseille d'aller au commissariat ! Ils vont te prendre pour une dingue et tu vas t'attirer des ennuis. Et non, désolé, je ne pense pas que ce soit un délit. Elle n'a pas déposé Louis dans la rue, elle l'a laissé avec son père et ça, ce n'est pas interdit par la loi.

— Mais alors, on ne fait rien ?

— Si on attendait le retour de Victoire et de Jérôme ? On pourra parler de tout ça avec eux, d'accord ?

— Ça me va. Je n'en peux plus de gérer ça toute seule.

— En attendant, tu me promets de ne plus recommencer et de ne rien tenter d'aussi fou ? Imagine que tu disparaisses, toi aussi, plaisante-t-il.

Je quitte Markus et vais m'allonger sur mon lit. Mon intrusion chez Marchand a mobilisé toutes mes forces. Ce soir, je me sens complètement vidée. Je ne me serais jamais crue capable de faire un truc aussi délirant. Au fond de moi, je me sens fière, comme une héroïne de cinéma. J'espère juste que ça ne tournera pas au film d'horreur.

Mon autosatisfaction ne dure pas. En remontant ma rue, le lendemain soir, je reconnais la silhouette de l'homme qui marche devant moi. Mathieu ! Il est rentré mais il n'est pas seul. Une femme brune l'accompagne. Jeune, mince et élancée, elle porte un élégant manteau qui lui tombe sous le genou et de grandes bottes. Très classe. Elle se tourne vers lui, ce qui me donne un aperçu de son visage de profil. Évidemment, il est très beau. Elle saisit son bras avant de poser la tête sur son épaule. Mes jambes se dérobent sous moi. Je m'arrête, la respiration coupée, et j'observe le couple me distancer puis pénétrer dans l'immeuble de Mathieu.

Après avoir réussi à me traîner jusque dans mon appartement, je me mets à pleurer de rage. Comment a-t-il pu me faire ça ? Me plaquer sans me prévenir et me remplacer tout de suite ? Si ça se trouve, il était avec elle depuis le début.

Une demi-heure plus tard, après avoir essayé d'espionner Mathieu en vain, je monte de nouveau chez Markus. Du cinquième, on a une meilleure vue.

— Dis-le si tu en as marre de moi.

— Houlà, qu'est-ce qui t'est encore arrivé ? demande-t-il.

Nous revoilà comme la veille assis sur son canapé. Sigmund, prudent, a fui du salon ventre à terre dès qu'il m'a aperçue.

— Tu as les yeux tout rouges. Tu as pleuré ? C'est encore Marchand ?

— Non, c'est Mathieu. Je crois qu'il a quelqu'un.

— Tu l'as vu ?

— Tout à l'heure. Il marchait dans la rue avec une meuf superbe.

— Et il l'embrassait ?

— Mais pas du tout ! je m'écrie, indignée.

— Et donc ? Où est le problème ?

— Tu ne comprends pas ? Il a une copine, et là elle est chez lui.

— Comment tu sais que c'est sa copine ?

— Elle a mis sa tête sur son épaule.

Je suis au bord des larmes. Markus pose sa main sur ma nuque et m'attire contre lui.

— Arrête de te faire des films. Regarde, moi, je te tiens dans mes bras. Pourtant on n'est que des potes.

— Excuse-moi, c'est pas pareil.

— Ce que je veux dire, c'est que cette fille peut être n'importe qui : une amie d'enfance, une sœur, une cousine, une collègue...

— Sa meuf, sa chérie, sa...

— Margaux ! Tu n'en sais rien. Va lui demander en face !

— Ça ne te dérange pas si je jette un œil ? je demande en me levant pour aller me poster à la fenêtre. Merde, je croyais qu'on voyait mieux de chez toi, mais on est trop sur le côté.

— Ah ben, désolé si mon appart' est mal situé pour espionner ton mec.

— Ce n'est pas mon mec, Markus. Ça ne l'est plus, en tout cas. Eh merde, je crois que je vais refaire une crise de larmes...

— Ah non, s'il te plaît ! Non, tu vas aller lui parler. Vite.

Je quitte Markus déboussolée. Je sais qu'il a raison, je dois poser la question à Mathieu. Mais j'en ai tellement marre de provoquer les gens pour leur tirer les vers du nez, je suis à bout.

Décembre

24

Mon oncle m'a invitée à dîner samedi soir ; il veut me voir et ne sera pas là le dimanche pour notre déjeuner rituel. Je sens qu'il a préparé une inspection en règle. Avant d'aller chez lui, pour l'amadouer, je fais un détour par sa pâtisserie préférée, La Vieille France, et lui achète leur tarte aux pommes, raisins et cannelle. Mais ça ne marche même pas : Aurélien attaque dès les hors-d'œuvre.

— Alors, tu as pris rendez-vous avec ma consœur ?

— Je n'ai pas besoin de voir un psy, tonton, je t'assure.

— Tu plaisantes ? C'est urgent ! Tu ne t'es toujours pas remise de ta rupture avec Eliott et ça devient pathologique. Tu développes tous les jours de nouvelles obsessions maladives. Je suis très inquiet. Jusqu'où tu vas aller comme ça ?

— Je te rassure tout de suite. Je suis tombée amoureuse de mon voisin.

— Mais tu es complètement folle ! hurle-t-il en se redressant sur sa chaise. La dernière fois, tu étais persuadée que sa femme avait disparu, qu'il l'avait peut-être assassinée, et maintenant tu es amoureuse de ce type ? Et tu m'assures que tout va bien ?

— Mais non, je suis amoureuse d'un autre voisin.

Et j'éclate en sanglots.

Entre deux reniflements, j'avoue à mon oncle mon ratage avec Mathieu. Il prend ma main et la tapote pour me réconforter.

— Tu sais, Margaux, quand on sort d'une histoire aussi importante que celle que tu as vécue avec Eliott, c'est difficile de rencontrer la bonne personne du premier coup. Eliott est ton grand amour de jeunesse, c'est toujours passionnel, fusionnel même, ces relations. Et quand ça s'arrête, on est persuadé que notre vie s'arrête aussi.

— Oui, c'est exactement ce que j'ai ressenti, dis-je avant de me moucher bien fort. On s'est connus si jeunes… Maintenant, j'ai presque du mal à savoir qui je suis. Avant, j'étais « Margaux d'Eliott », c'était simple. Après notre rupture, j'ai eu l'impression que ma vie était terminée, je me sentais complètement paumée. Tu comprends ?

— Je crois.

— Alors, quand j'ai fait la connaissance de Mathieu, je me suis sentie de nouveau une femme jeune, jolie, amoureuse. Mais je me suis encore pris une grande claque. Et c'est ma faute…

— Ah non, tu ne vas pas recommencer ! Tu as fait le mauvais choix, avec ce Mathieu. Ça arrive souvent quand on est fragilisé comme toi. Va voir la psy, reconstruis-toi et tu verras : tu rencontreras quelqu'un de bien, de sérieux.

Mon oncle ne me console pas du tout, c'est Mathieu que je veux, pas un potentiel inconnu en qui je n'aurai de toute façon jamais confiance.

À la fin du repas, le téléphone sonne, et je fais signe à mon oncle qu'il peut répondre pendant que je débarrasse la table. La conversation se prolongeant, je retourne faire un tour dans le bureau. J'ai envie de jeter un œil sur le cliché où Édouard est avec mon oncle. Je reste persuadée que c'est lui que j'ai vu avec Marchand, le jour du mariage. Je n'aime pas ce type. Déjà, à cette époque, il avait un air prétentieux et roublard.

À part lui et mon oncle, je ne connais personne sur la photo. Il y a des gens en blouse blanche, d'autres en costume. Tous sourient pour l'occasion, comme le petit jeune, dans un coin du cadre, un gamin qui semble à peine majeur. Je le regarde de plus près. Il me rappelle quelqu'un, mais qui ? Je vais demander à Aurélien.

Brusquement, la vérité me saute aux yeux. Ou plutôt explose dans tout mon corps. On dirait Marc Marchand ! Avec vingt ans de moins.

Je ne comprends rien. Aurélien a une photo de lui avec mon voisin, et il ne m'a jamais dit qu'il le connaissait ? Il était furieux que je lui parle d'une probable connexion entre Édouard et Marchand ? Mon oncle me cache quelque chose ?

Tout d'un coup, j'ai peur. De tout et de tout le monde. Aurélien ne peut pas être mêlé à cette embrouille. Il est mon second père, il est même le premier dans mon cœur. Il y a erreur.

Pourtant, ce visage, ce sourire réjoui, ces cheveux aplatis sur l'avant du crâne... C'est lui, c'est Marchand.

Mon oncle qui a raccroché m'appelle et j'essaie de me ressaisir.

— J'arrive, j'apporte le dessert !

— Dans mon bureau ? réplique-t-il en riant.

Cinq minutes plus tard, on est à table devant nos gâteaux, face à face, et je me sens atrocement mal. Aurélien, inquiet, me demande ce que j'ai.

— Ça ne va pas très bien, depuis tout à l'heure. J'ai très mal à la tête. Je crois que je vais rentrer. Je suis désolée...

— C'est moi qui suis désolé, Margaux. Notre conversation t'a bouleversée. Rentre vite et fais attention à toi. Et s'il te plaît, va voir ma collègue. Si tu veux, je peux prendre rendez-vous pour toi.

Je marmonne de vagues paroles pour signifier que j'y penserai, puis je me sauve.

J'ai un horrible poids sur la poitrine et je cours pendant tout le trajet pour m'en débarrasser. À l'angle de ma rue, je prends le virage à toute allure et me cogne violemment à un passant qui arrive en face.

— Margaux ? C'est une habitude, chez toi, de me foncer dessus ?

— Oh, Mathieu !

Sans réfléchir, je lui saute dans les bras en pleurant. Et tant qu'à faire, je l'embrasse. Mathieu n'a pas l'air contre, et on reste longtemps enlacés sur notre bout de trottoir.

— Tu viens ? me demande-t-il ensuite.

Je hoche la tête, il me prend par la main et on monte chez lui.

Je reste la nuit entière avec lui, une nuit fabuleuse dont je ne voudrais jamais voir la fin. Mais le matin, au milieu du petit déjeuner, les mots m'échappent, sans prévenir.

— Je sais que je ne suis pas la seule fille avec qui tu sors.

— Pardon ?

— Tu as une autre meuf. Je vous ai vus.

— Mais de quoi tu parles ? répond Mathieu d'un ton agacé.

— Tu le sais très bien. Tu étais avec elle, vous alliez chez toi, l'autre soir. J'imagine qu'elle aussi est restée la nuit.

— Tu m'espionnes ? crie-t-il en se levant. Pourquoi tu gâches toujours tout, tout le temps ? Quand je t'ai croisée hier soir, je partais à une soirée.

Il secoue la tête, dépité.

— Je n'ai pas hésité, j'ai lâché tous mes plans pour être avec toi. Mais toi... Toi et tes foutues fixations. Bon, je crois qu'on va s'arrêter là. Je vais te demander de t'en aller, on n'a rien à faire ensemble.

— Attends, Mathieu !

— Salut.

Il me fusille du regard. Je n'ai pas le choix, je quitte son appartement.

Je traverse la rue tête basse, manquant de me faire renverser par une voiture. J'entre dans l'immeuble et monte l'escalier. Je vais m'enfermer chez moi et pleurer la journée entière.

Parvenue au deuxième étage, je suis freinée dans mon élan par Victoire qui, de retour de son jogging, est en train d'ouvrir sa porte et m'invite chez elle.

— J'ai une super nouvelle à t'annoncer !

Sans faire attention à mes yeux rouges et à mes reniflements, elle m'explique qu'elle a rencontré le nouveau voisin.

— Qui ça ? dis-je d'une voix lasse.

— Celui qui a remplacé les Cohen.

Devant mon regard vide, elle continue :

— La femme enceinte du troisième, juste au-dessous de chez toi et au-dessus de chez moi. C'est bon, tu imprimes ?

— Ah bon ? Ils sont partis ? J'étais pas au courant...

— C'était trop petit, avec un bébé.

— Bon débarras, je vais pouvoir me faire une overdose de films, je note d'un ton sinistre.

— Oui mais ce que je voulais te dire, c'est que le nouveau locataire, il est canon. Canon, je te dis !

— Oui, j'ai compris. Il te plaît.

— Plus que ça. Je craque totalement.

— Tu craques sur un homme, toi ? C'est nouveau. Parce que moi, en fait…

— Viens, on y va !

— On va où ?

— Sonner chez lui, pour que tu le voies.

— Non, merci.

— Tu as rendez-vous ?

— Non, je rentre chez moi et…

— Cool, on y va. J'ai besoin de soutien.

Victoire m'entraîne avec autorité. À cet instant, la porte d'Alphonse s'ouvre, et le couple de l'association sort de chez lui. On se jette tous un regard hostile, on marmonne un « bonjour », et ils se dépêchent de descendre.

— Ces gens-là me font flipper, me confie Victoire. Ils ressemblent à des vautours, tu ne trouves pas ?

J'ai à peine le temps de lui répondre qu'elle monte les marches en me tirant par le bras, pour s'arrêter devant la porte du troisième étage gauche.

— Hum hum. Bon, je sonne, déclare-t-elle, rougissante, en passant la main dans ses cheveux.

Malgré mon état de loque, je suis stupéfaite. Je n'ai encore jamais vu Victoire intimidée par quelqu'un.

La porte s'ouvre sur un homme de taille moyenne, au visage magnifique, vêtu d'un jogging de marque.

— Bonjour ! Margaux et moi, on est tes voisines ! Tu viens boire un café avec nous ? Moi, c'est Victoire, j'habite juste au-dessous de chez toi.

Et elle le fixe en souriant d'un air crétin que je ne lui ai jamais vu.

— C'est très sympa. Ce sera pour une autre fois, j'allais sortir.

— Ce n'est pas grave, passe plus tard, je ne bouge pas. À tout à l'heure, alors !

Il nous salue et referme sa porte. Je raccompagne Victoire jusque chez elle.

— Tu sais, les histoires entre voisins, ce n'est pas génial. Imagine que tu le largues, ou qu'il te trompe…, dis-je avant de m'étrangler, un sanglot remontant dans ma gorge.

— Ne t'inquiète pas pour moi. Je kiffe ce gars, tu n'as pas idée.

— Il a l'air plutôt sûr de lui, non ? Limite arrogant, même.

— Il a de la personnalité, tu veux dire ! J'adore ça.

— Alors tu as peut-être trouvé ton pendant masculin. Quelle chance. Parce que moi, avec Mathieu…

— Mais oui, peut-être ! Tu as raison ! On va s'éclater ! Et sinon toi, ça va ?

— Ben justement, je te disais…

— Oh, merde, il est presque midi ! Excuse-moi, il faut que je file. Tu me tiens au courant, hein ? Bisous.

Victoire s'engouffre dans son appartement et disparaît. Je reste comme une idiote, seule face à sa porte fermée. Je hausse les épaules. Je vais enfin pouvoir me cloîtrer chez moi pour déprimer en paix.

25

Après avoir comaté tout l'après-midi, je finis par me fatiguer moi-même. Et si j'essayais de trouver des solutions ?

Mathieu. Il m'en veut à mort, mais on a passé une nuit géniale. Alors peut-être que quand il se sera calmé, il se rendra compte qu'il est dingue de moi et il me rappellera. Je peux rêver un peu, non ? Et puis s'il ne le fait pas, c'est moi qui l'appellerai. Je trouverai les mots pour tout arranger.

Un problème réglé.

Mon oncle, maintenant. Il me doit une explication. Si ça se trouve, il m'a menti pour me préserver, pour ne pas alimenter mon obsession vis-à-vis de mes voisins. Pourquoi pas ?

J'essuie mes larmes, me redresse et vais prendre un bain pour me détendre et passer une soirée réconfortante.

Une heure plus tard, je suis en train d'enfiler mon peignoir quand j'entends un bruit inquiétant.

Quelqu'un essaie de forcer ma serrure. Totalement paniquée, je m'approche de la porte sur la pointe des pieds et regarde à travers l'œilleton. Alphonse !

Dès que je lui ouvre, il pousse des cris en battant des bras. Je le tire à l'intérieur avant qu'il ameute tout l'immeuble.

— Qu'est-ce qui vous arrive ?

Il arrête un instant de crier et me regarde de haut en bas, de mon peignoir à mes gros chaussons. Il a l'air perplexe.

— Alphonse, ohé ? il y a quelqu'un ?

— Et vous n'avez pas froid avec votre décolleté ?

Je soupire.

— Non, je n'ai pas froid. Mais vous, qu'est-ce qu'il y a ? Vous vouliez me parler ?

Ses yeux s'écarquillent. Sa langue émet son claquement familier et répétitif, sa respiration devient saccadée. Ce soir, alors que je suis toute seule chez moi avec lui, il me fait vraiment peur.

— Salopards ! hurle-t-il.

Je recule.

— C'est Ménard qui est la cheffe. Elle tire les ficelles. La garce !

— La cheffe de quoi ? De quoi vous parlez ?

— Salopards ! répète-t-il. Les Perses. Ils sont partout. Là, là et là, s'exclame-t-il en pointant son index dans toutes les directions. Ils m'emmerdent, les Perses. Et la Ménard, elle m'emmerde. Mais attention, la cheffe, c'est elle.

— OK, Alphonse. Tout va bien. Respirez. Allez, inspirez, expirez, dis-je, et je me mets à respirer fort pour lui montrer comment faire, à moins que je cherche à me calmer moi aussi.

Quelques minutes plus tard, les battements de mon pouls ralentissent, Alphonse a l'air d'être sorti de sa transe.

— Vous allez mieux ?

— Oui, répond-il dans un petit cri aigu qui ne me rassure pas vraiment.

Visiblement, il est dans un mauvais jour, je vais le guider tranquillement jusque chez lui.

Rosa, à moitié endormie, entrebâille le battant avant de faire entrer Alphonse.

— Rosa, il ne va pas bien du tout.

— Mais non, ne t'inquiète pas, ça va aller, j'ai juste oublié de lui donner son calmant. Il a une nouvelle infirmière. Tout va rentrer dans l'ordre. Et merci de me l'avoir ramené.

Est-ce que j'avais le choix ?

— J'aime bien ton peignoir, très mimi, avec les chaussons peluches, lance-t-elle en souriant avant de refermer la porte.

Noël approche. Les guirlandes illuminent l'avenue Laumière et la mairie est entièrement recouverte de petites ampoules blanches scintillantes. Devant sa façade, deux immenses sapins ont été installés et décorés de boules géantes placées en hauteur, dans l'idée, je suppose, que personne ne puisse les embarquer. Sur la place, la municipalité a installé un manège gratuit devant lequel les enfants et, surtout, les parents grugent et se bousculent.

Je n'ai pas encore eu le courage de parler à mon oncle. Comme on fêtera le réveillon du 24 tous les deux chez moi, je préfère reporter notre conversation pour passer des fêtes le moins conflictuelles possible. Parce que moi j'adore Noël, et je compte préparer un repas tout ce qu'il y a de plus traditionnel. À part la bûche, que j'irai commander à La Vieille France.

Par contre, je décide de contacter Mathieu. Ces temps-ci, j'ai vu de la lumière chez lui et Markus m'a juré qu'il n'avait pas aperçu de belle brune. C'est le moment ou jamais. Je lui propose qu'on se retrouve pour faire le point, quand il veut. Quel soulagement, il accepte ! J'espère que ce n'est pas pour me larguer définitivement. Il me fixe un rendez-vous au Napoléon III, le jeudi vers 19 h 30.

Le soir venu, j'entre dans le café cinq minutes en avance et m'assois près de la vitre. À côté de moi, un couple âgé mange en silence. J'espère qu'ils ne vont pas passer leur dîner à nous écouter.

Mathieu me fait signe au moment où il passe devant la vitre. Il a l'air tendu. Il est tellement sexy, avec le vent qui ébouriffe ses cheveux, son regard craquant de myope, son corps musclé et sa démarche de chat. Arrivé devant notre table, on dirait qu'il hésite. Le vieux couple l'observe sans aucune discrétion et il leur lance un « bonjour » poli. Puis il se baisse pour me faire la bise, comme si j'étais une simple copine, avant de s'asseoir en face de moi. C'est bien ce que je craignais : je sens que nos voisins tendent l'oreille. J'espère qu'ils sont un peu sourds.

— Qu'est-ce que tu bois ? me demande-t-il après un silence embarrassant.

— Un verre de merlot.

— La même chose pour moi, annonce Mathieu au serveur.

J'essaie d'oublier le couple qui termine son canard à l'orange à côté de nous et me lance.

— Je voulais te voir pour savoir où on en est, depuis la dernière fois. J'adore être avec toi, et je suis désolée d'avoir encore tout foutu en l'air. Je ne sais pas ce qui m'a pris...

Mathieu ne parle pas et, mal à l'aise, je poursuis pour essayer de combler le vide.

— Je t'ai vu rentrer chez toi avec une fille, vous aviez l'air très proches, et j'ai pensé... je me suis dit...

— Que j'avais quelqu'un. Et tu m'as fait une scène de jalousie.

— Tu peux me comprendre, non ? Je ne te connais pas depuis assez longtemps pour pouvoir te faire confiance, et après ce que j'ai vécu...

— Oui, on sait, tu as beaucoup souffert, je suis au courant. Margaux, je crois que j'ai été très patient avec toi, tu ne trouves pas ?

— Oh, oui, tu as été merveilleux.

— Je t'ai donné assez de preuves pour que tu puisses me faire confiance, non ?

— C'est vrai, j'admets dans un souffle, un peu honteuse.

— Et ces histoires de voisins, tes obsessions, la façon dont tu as fait passer tout le monde avant nous. Tu as une drôle de manière d'envisager les relations amoureuses, tu ne crois pas ?

Je me rends compte qu'il esquisse un très léger sourire. Je reprends espoir.

— Je t'assure qu'avant d'habiter dans cet immeuble, je n'étais pas comme ça.

Cette fois, il rit franchement. Puis il redevient sérieux.

— Écoute, j'ai réfléchi. Tu m'attires énormément et, malgré tout ce que tu m'as fait endurer, j'aime qui tu es, ta personnalité. Mais je vois bien que tu n'es pas prête. Et moi j'ai envie d'une relation simple, avec une femme qui serait à fond dans notre histoire, tu vois ?

— Mais si ! Si, si ! je suis prête ! Moi aussi je suis attirée par toi, j'ai envie de cette histoire avec toi !

Je me tais brusquement. Le serveur dépose deux îles flottantes devant le couple voisin qui n'a toujours pas ouvert la bouche. Sont-ils concentrés sur leurs assiettes ou sur notre conversation ? Quoi qu'il en soit, je reprends :

— On peut se donner une nouvelle chance. Ce n'est pas tous les jours que deux personnes sont si bien ensemble. Ça vaut la peine, non ?

— Margaux, tu ne m'as pas écouté. Le désir est bien là, mais notre expérience, quelle catastrophe ! Non, c'est trop tôt pour toi, et moi je n'ai pas le courage de supporter ça. Il ne faut pas que tu m'en veuilles.

Je tourne la tête, croise le regard de la vieille dame qui racle le fond de sa coupelle en me dévisageant. Mais je ne veux pas encore abandonner la partie.

— Et tu veux bien qu'on se revoie en janvier ? Pour que tu puisses juger si je suis prête ?

Mathieu rit et pose sa main sur la mienne.

— Tu ne lâches rien.

— Je t'assure, je serai une autre femme d'ici-là.

— Alors d'accord pour un verre en janvier. Tu me raconteras dans quelle histoire loufoque tu t'es encore fourrée.

Mathieu me raccompagne devant mon immeuble, puis il traverse la rue pour rentrer chez lui. J'ai le cœur serré : je ne le verrai pas avant plusieurs semaines, et je ne sais pas du tout dans quel état d'esprit il sera. Mais rien n'est perdu, et je ferai tout pour que ça marche.

Parvenue au deuxième étage, je m'aperçois que la porte d'Alphonse est entrouverte, alors j'entre. Lou est avec lui dans le salon. Il rit, secoué de spasmes, pendant que la fouine lui lit un livre. Il porte sur la tête une couronne recouverte de papier crépon vert à pois. Rosa s'active en chantonnant dans la cuisine et s'interrompt pour venir me dire bonjour. On se croirait dans une scène de vie ordinaire chez les barjots.

— La petite lui a apporté une couronne pour le réveillon, elle l'a fabriquée à l'école. Il paraît qu'ils portent ça, les Anglais, pour le repas de Noël, m'explique-t-elle avant de pouffer de rire. Cette petite, elle est gentille mais elle est spéciale, hein ?

Lou se lève lorsque Rosa et moi les rejoignons dans le salon. Depuis qu'elle est partie de chez moi en emportant son Ken tout jaune et sa Barbie loup-garou, je ne l'ai pas revue. Me jugeant probablement sans intérêt, elle ne m'espionne même plus.

— Ça me fait plaisir de te voir, Lou.

— Moi aussi. Tu as pensé à mon plan ?

— Lou…

— Fantômette, tu te rappelles ?

Je suis sauvée par l'intervention d'Alphonse.

— Vous avez vu ma belle couronne ? C'est la petite qui me l'a donnée, déclare-t-il.

Je pose les yeux sur le bout de carton mis de travers sur son crâne. Ce ne sont pas des pois, mais de petites têtes de mort que la fouine a maladroitement dessinées et collées.

— Qu'est-ce que vous faites, pour Noël, tous les deux ? je demande à Rosa. Tu le passes en famille ?

— Non, cette année, je reste ici. On sera tous les deux.

— Alors venez chez moi pour le réveillon, je serai avec mon oncle.

— Tu es sûre ? Ça ne le dérangera pas ?

— Il sera ravi.

— Il faudra mettre ta couronne, pour Noël, hein, papi ? ajoute Lou. Vous voulez que je vous en fasse une aussi ? demande-t-elle à Rosa et moi.

— Si tu as le temps, mais pas de pression.

— Je vais voir ça avec mon planning, réplique-t-elle.

26

Le soir du 24 décembre, à 20 heures, tout est prêt. J'ai acheté un petit sapin, quelques boules et une guirlande lumineuse, et des cadeaux pour mes invités : une crème pour les mains et un savon parfumé pour Rosa, une grosse boîte de chocolats pour Alphonse à partager, s'il l'accepte, avec elle ; pour mon oncle, grand amateur de musique baroque, un CD de violon joué par Hélène Schmitt, son interprète préférée.

En mémoire des souvenirs heureux de mon enfance, j'ai cuisiné, comme ma mère le faisait chaque année, une pintade aux marrons avec compote et purée. La bûche que j'ai achetée est au chocolat et à la poire. Mon oncle apporte des huîtres et du saumon, Rosa et Alphonse, du champagne, et j'ai pris une bouteille de chinon rouge pour accompagner la volaille. Mais alors que ma mère sortait sa nappe brodée des grandes occasions et sa belle vaisselle, je n'ai qu'une nappe en papier, des assiettes Ikéa et des serviettes du Monoprix avec un dessin de rennes dans un paysage enneigé. Aurélien, qui arrive le premier, me félicite quand même pour la décoration.

Mes deux autres invités sonnent enfin. Rosa a aidé Alphonse à passer un pantalon propre en velours côtelé marron et une belle chemise blanche bien repassée. Elle a taillé sa barbe encore plus court, et il ressemble de moins en moins à un psychopathe. Alphonse n'a pas oublié de mettre la couronne de Lou sur sa tête. Rosa, elle aussi, est toute belle. Très maquillée, de larges anneaux orange aux oreilles, elle porte un haut en dentelle noir et une longue jupe beige moulante. Tous les deux ont troqué leurs chaussons contre des chaussures en cuir pour lui et des escarpins à talons pour elle.

— Je suis très content de vous rencontrer, Rosa, lui dit mon oncle. Ma nièce m'a beaucoup parlé de vous. Vous êtes une personne exceptionnelle, si j'ai bien compris.

— Pas du tout ! Je suis une femme comme les autres, vous savez.

— Venez, asseyez-vous. Merci pour le champagne. Margaux, et les coupes, alors ? Alphonse, vous vous souvenez de moi ? Aurélien Fisher, votre ancien voisin ?

Alphonse serre la main que lui tend mon oncle mais reste muet. Il est évident qu'il ne le reconnaît pas, après toutes ces années, lui qui vit dans sa bulle.

Lorsque nous passons à table, Rosa lui noue un grand bavoir blanc autour du cou. J'avais oublié son appétit d'ogre et ses mauvaises manières. Il mange à toute allure, relève le nez de temps en temps pour boire bruyamment et faire claquer sa langue de satisfaction. Le parquet, à ses pieds, est vite maculé de nourriture. J'aurais dû le couvrir de papier journal. Alors qu'il me tend pour la troisième fois son assiette et que je commence légèrement à stresser, Rosa et mon oncle discutent comme s'ils étaient de vieux amis et qu'ils étaient seuls à table.

Avant d'apporter la bûche, je me tourne vers Alphonse dans l'espoir de le faire s'exprimer un peu.

— Dites, c'est quand, votre anniversaire ?

— Le 6 décembre.

— Vous êtes né à Paris ?

— Oui, en 1936. Dans cet immeuble. J'habitais là quand j'ai commencé à travailler. J'étais professeur d'histoire pour les classes préparatoires à Victor-Duruy, explique-t-il tout fier.

Alphonse est tellement déconcertant. Parfois, il parle comme tout le monde, il est précis, son élocution est bonne et il ne grimace pas. Comme maintenant. À d'autres moments, sa voix devient aiguë et il est incapable de formuler des phrases cohérentes ; il n'arrive qu'à pousser des cris. Je profite de cet éclair de lucidité pour le faire parler de lui.

— Et c'était comment, les cours à Duruy ?

— Bien. De bons élèves. Elle est au chocolat, la bûche ? Sinon, il y a le cirque à la télé, ce soir, j'aime bien regarder le cirque. C'est sur la troisième chaîne.

— J'apporte le dessert, et on allumera la télé quand on aura fini.

La bûche est un vrai désastre, Alphonse en met partout. Rosa humidifie sa serviette pour lui nettoyer la bouche, les joues et les mains puis je l'installe devant la télévision et monte le volume pour qu'il se sente comme chez lui.

Rosa, Aurélien et moi restons à table.

— Je me demande… Vous croyez qu'il se souvient de sa sœur ? Il n'en parle pas, dis-je.

— On a dû le prévenir qu'elle était morte, mais tu as raison, il n'a jamais posé de questions sur elle, il ne l'a jamais mentionnée. Du moins, pas depuis que je travaille ici. Moi, en tout cas, je préfère ne pas lui en parler.

— C'est normal. Alphonse n'éprouve ni attachement ni empathie pour personne, explique mon oncle. C'est un effet de sa maladie.

— Pourtant, il nous aime bien, non ? Il nous sourit, quand on vient le voir, que ce soit Victoire, Lou ou moi.

— Oui, peut-être qu'il est capable d'éprouver un peu de joie. Mais si tu ne vas pas le voir pendant un certain temps, je ne suis pas sûr qu'il te reconnaîtra. Il vit coupé du monde et des autres, et ça ne fait qu'empirer avec l'âge.

— Mais pour toi, Rosa, ce n'est pas trop dur tous les jours ?

— Non, ça va. De toute façon, je n'ai pas trop le choix. Pour les boulots, c'est comme pour les maris, je n'ai jamais su trouver le bon ! Les maris, ce n'est pas une obligation, mais il faut travailler, pas vrai ? Alors ce poste-là, je ne suis pas fâchée de l'avoir. Et il est gentil, Alphonse, quand on apprend à le connaître.

— Et le fait de ne pas vivre tout le temps chez toi ?

— Oh, je m'habitue. Mes garçons sont grands, maintenant. Ils se débrouillent très bien sans moi. L'aîné est déjà dans la vie active et les deux autres sont étudiants.

— Tu as trois garçons ? Je ne savais pas. Rosa, tu es trop modeste.

— Non, je suis discrète, c'est différent.

— C'est tout à votre honneur, intervient Aurélien.

— Et sinon, ça se passe bien, avec le facteur ?

— Margaux ! Pas devant ton oncle ! dit-elle en posant les mains sur ses joues.

— Ne vous gênez pas pour moi, intervient Aurélien, je suis pour le bonheur de tous ! Allez, on finit le champagne ? On va trinquer au succès des trois garçons de Rosa et à vos amours à toutes les deux.

Une fois la bouteille terminée, Rosa demande à mon oncle ce qu'il faisait avant de prendre sa retraite.

— J'ai cru comprendre que vous étiez médecin ?

— Chirurgien.

— Waouh, je suis impressionnée. Chirurgien... Ici ? À Paris ?

— J'ai longtemps travaillé à l'étranger.

— En Afrique ?

— Oui, j'ai même visité votre pays. Mais j'ai aussi exercé en Europe.

Je me glisse dans la conversation, tout d'un coup en alerte.

— Où, en Europe ? Tu ne me l'as jamais dit, finalement.

— Parce que tu ne m'as jamais posé la question. Et je suis comme Rosa, je n'aime pas parler de moi. J'ai été en ex-Yougoslavie et en Ukraine.

Sous le choc, je sursaute. J'essaie de ne rien montrer et je poursuis :

— C'est dans un de ces pays que tu as connu Édouard ?

— Oui, c'était en Ukraine.

— La photo qui est dans ton bureau, où tu es avec lui et d'autres collègues, c'était là-bas ?

— Absolument. Mais où exactement ? Je ne m'en souviens plus.

Rosa interrompt les réflexions de mon oncle pour lui demander ce qu'il a pensé de la Côte d'Ivoire, et il se lance dans un long récit qui me permet de me ressaisir.

Alors si je comprends bien, mon oncle, Édouard et Marchand se connaissent depuis vingt ans et ils se sont rencontrés dans le pays de Perla. Quelle coïncidence... Pour autant, je ne vois pas de lien entre Perla, Aurélien et Édouard : la photo est ancienne, et mon oncle est rentré en France depuis bien longtemps. De plus, Perla est trop jeune pour avoir fait partie de leur cercle de relations dès cette époque. Et pourtant, il existe bien une explication.

Mes invités partent après 23 heures. Je range tout, passe un bon moment à laver le parquet sous le siège d'Alphonse, tout en réfléchissant aux révélations qu'Aurélien vient malgré lui de me faire.

Demain, c'est décidé, j'irai lui demander des explications.

27

Le lendemain matin, j'appelle mon oncle et lui demande si je peux passer le voir. Dix minutes plus tard, je suis chez lui.

— Qu'est-ce qu'il y a, Margaux ? Tu as un souci ?

— Je ne sais pas. Je voudrais te montrer quelque chose.

Aurélien me dévisage, interloqué, mais il me suit jusque dans son bureau. Je décroche du mur la photo encadrée et la lui mets sous le nez.

— C'est en Ukraine, on est d'accord ?

— Oui. C'est ce dont on parlait hier soir. Et alors ?

— Là c'est toi, là c'est Édouard, et lui…, dis-je en posant mon doigt sur le gars qui ressemble à Marchand en jeune, tu peux me dire qui c'est ?

Mon oncle enfile ses lunettes et me prend le cliché des mains.

— Voyons voir. Ce garçon ? Aucune idée.

Il retire ses verres et les glisse dans la poche de son peignoir.

— Margaux, tu veux bien m'expliquer ?

— Tu es sûr que tu ne sais pas qui c'est ?

— Mais enfin, tu vas arrêter, avec ton interrogatoire ! Non, je ne le reconnais absolument pas, mais j'ai l'impression que toi, tu vas pouvoir me renseigner.

— C'est Marc Marchand ! dis-je en hurlant à moitié.

— Je suis désolé, Margaux, je ne comprends pas ce que tu racontes. C'est qui, Marc Marchand ? Je suis censé le connaître ? Ce nom ne me dit rien.

— Aurélien ! C'est mon voisin. Celui dont la femme – ukrainienne – a disparu. Tu comprends ?

— Non, pas davantage. Pourquoi ton voisin serait-il sur cette photo ?

— Quand je te disais que je l'avais vu avec Édouard ! Ils se connaissent depuis cette époque. Et toi, obligatoirement, tu le connais aussi.

— Margaux, ce cliché date d'il y a vingt ans. Ce gamin devait être un stagiaire. Ça défilait, à l'époque. Je n'ai aucun souvenir de lui. Mais si tu veux, à la prochaine visite d'Édouard, je lui montrerai la photo et lui expliquerai que tu as reconnu un de tes voisins. Parce que je ne peux pas dire à mon vieil ami que tu l'as espionné dans la rue et que tu te demandes si la femme de ce Marchand n'a pas disparu !

Aurélien me décoche un sourire moqueur, que je ne lui rends pas.

— Je ne me demande rien du tout, elle a bien disparu. Ça doit faire plus de deux mois, maintenant.

Tu imagines ? Avec un nouveau-né ? Avoue que c'est inquiétant.

— Il doit bien y avoir une explication. Mais si Édouard connaît effectivement ton voisin, je lui dirai que tu t'inquiètes pour sa femme.

— Oui, dis-lui que je voudrais savoir si elle va bien, et quand elle compte revenir.

Je quitte Aurélien rassurée. Quoi qu'il se passe, je suis certaine qu'il n'est pas mêlé à cette affaire. Et bientôt, peut-être, j'en saurai plus sur ce qui est arrivé à Perla.

Pour le réveillon du Nouvel An, je suis invitée chez Markus. En l'absence de Jérôme, qui dirige un concert à Vienne, il a envie de passer ce moment chez lui, avec tous ses potes. Victoire, elle, donne un concert privé et arrivera plus tard. Juste avant, vers 19 heures, je retrouve Juliette pour boire un verre chez Mon Coco, une brasserie place de la République. Puis Cyril l'y rejoindra vers 20 h 30, heure à laquelle je les laisserai pour aller chez Markus.

En quittant l'immeuble, je tombe sur Guy accompagné de l'affreux Gordon. Il a troqué son jogging difforme et son vieux sweat pour un jean propre et des baskets flambant neuves. Sous sa doudoune ouverte, j'aperçois une veste bleu roi, une chemise blanche et une mini-cravate rouge.

— Vous êtes sapé comme jamais, ce soir, Guy !

— Qu'est-ce que vous croyez ? Je vais faire la fête !

— Vous allez où, comme ça ?

— Chez des amis.

— Bonne soirée, alors ! dis-je.

J'accélère le pas pour le distancer, je n'ai pas trop envie de faire un bout de chemin avec lui.

Juliette m'attend à une petite table collée à la vitre, sur la terrasse couverte. Elle m'explique toute heureuse que c'est là qu'elle et Cyril se sont donné rendez-vous pour la première fois, presque à la même table – « la leur » étant occupée. Depuis, ils ont pris l'habitude de s'y retrouver. Aux anges, elle m'annonce aussi que la femme de Cyril est partie au ski avec ses enfants et des copines. Elle a enfin son amant pour elle seule. Je suis curieuse de voir celui dont elle est raide dingue depuis presque un an.

Mon mojito me plonge dans un engourdissement bien agréable. Je me renfonce dans mon siège pendant que Juliette, les yeux brillants, surexcitée, parle fort et sans interruption. Je hoche la tête et lui souris, mais entre le cocktail, la musique pulsée à plein volume et le bruit des conversations autour de nous, je suis incapable de me concentrer sur ce qu'elle raconte. Bizarrement, je trouve son enthousiasme gênant. Je ne pense toujours pas que son histoire avec Cyril lui soit bénéfique. Si j'en juge par sa joie limite hystérique ce soir, Juliette est bien trop amoureuse pour supporter sereinement cette relation. Cyril, c'est évident, ne cherche qu'à s'amuser avec elle. Si encore, comme Victoire, elle le considérait comme un bon gâteau, ils seraient tous les deux sur un pied d'égalité. Mais j'ai l'impression que cette relation est à sens unique.

À côté de nous, un couple de notre âge s'installe. Ils sentent le parfum à quinze mètres. La fille porte une petite robe rouge, lui, un sweat-shirt flashy et un jean gris plein de fermetures éclair. Chacun sort son téléphone et se concentre sur son écran. Je crois que je vais reprendre un verre.

Un peu avant 20 h 30, on commence à surveiller la place de la République. À cette heure, les passants se trimballent tous avec des bouteilles, de grands sacs de courses ou des plats faits maison. La ville vibre d'une énergie euphorisante et chaleureuse. Un couple passe devant nous. L'homme est grand, il tient la femme par la main, lui parle à l'oreille, et elle éclate de rire. Juliette pousse alors un hoquet de stupeur.

— Non ! C'est pas vrai !

— Quoi ? Qu'est-ce qu'il y a ?

— Cyril !

— Où ça ?

— Là, dit-elle faiblement en pointant le doigt en direction des deux amoureux.

— Je ne le vois pas.

— C'est lui. Avec la femme.

— Tu veux dire : le couple, là ?

Juliette se lève pour tenter de les rattraper, mais elle s'effondre aussitôt et éclate en sanglots.

— C'est impossible, tu dois te tromper, pourquoi il serait passé par là avec une autre ? lui dis-je.

— Non, tu comprends pas : il l'a fait exprès.

— J'y crois pas. Le bâtard !

On part aussitôt chez Markus, qui m'a répondu par retour de texto qu'il nous attendait toutes les deux. Hors de question de laisser Juliette seule ce soir, ou de la regarder pleurer toute la nuit. Je la garde aussi à dormir chez moi et je lui explique que c'est un ordre.

Arrivée au coin de la rue Cavendish, je sursaute. Accoudé seul au comptoir du bar PMU, un homme boit une chope de bière, un chien à ses pieds. Guy et Gordon. Triste et embarrassée pour mon looser de voisin, je détourne la tête avant qu'il me voie.

Il y a déjà pas mal de monde chez Markus. Le buffet est somptueux, les bouteilles de champagne s'entassent dans la baignoire remplie de glace, et un jeune type au crâne rasé et tatoué de partout fait office de DJ. Une bonne dizaine de personnes dansent au milieu du salon. Markus a enlevé la plupart des meubles et tous les bibelots fragiles, mais les épais rideaux en velours et le parquet sombre donnent une impression de classicisme chic qui offre un contraste saisissant avec la musique électro. On se présente en lançant des « salut » et j'entraîne Juliette vers le bar où je l'oblige à se servir une assiette.

— On ne se laisse pas abattre, d'accord ? On va manger, boire un coup et danser pour oublier, dis-je avec autorité.

Juliette hoche la tête avant de se servir une assiette copieuse. Je remplis deux coupes de champagne et on se glisse sur le canapé.

— Pour Mathieu et toi, tu penses que c'est mort ? demande Juliette, me pointant de sa fourchette plantée dans une tranche de mozzarella.

— Je ne sais pas. Chaque fois que j'y réfléchis, je me dis que c'est foutu, ensuite qu'il va me donner une nouvelle chance, ensuite, qu'il ne voudra jamais, et ainsi de suite. Pile quand je venais de réaliser que j'étais amoureuse. Ça ne m'était pas arrivé depuis si longtemps, dis-je d'une voix étranglée.

— Moi, je crois que je vais arrêter les hommes mariés. En plus, c'est lui qui me largue, et ce n'est même pas pour sa femme ! s'écrie Juliette.

Des têtes se tournent vers nous. Je souris et lève le pouce.

— L'ennui, avec ces foutues applis de rencontres, c'est que la majorité des mecs sont mariés, reprend-elle.

— Ah bon ?

— En tout cas, il y en a plein.

Après avoir vidé nos assiettes, on les remplit à nouveau de sushis. Au moins nos désastres amoureux ne nous coupent pas l'appétit, et Markus a préparé un buffet royal.

En attendant les desserts, Juliette et moi on vide nos coupes et on se lance au milieu des danseurs. Quand je la surprends en train de verser une petite larme, je passe mon bras autour de son cou.

— Ne pleure pas, ma Juliette, on a la vie devant nous ! C'est toi qui m'as toujours dit que l'avenir était long et plein d'amours possibles. Ça vaut pour toi, non ?

— Ça fait mal, Margaux.

— C'est normal. Allez, on danse, c'est mon morceau préféré !

Je ne sais pas du tout ce que c'est, mais j'inventerais n'importe quoi pour la distraire. Au-dessus de notre tête tourne une boule disco qui projette sur le plafond des dessins de bouches rouges. Je me demande si ce truc serait du goût de Jérôme.

Bien après minuit, Victoire apparaît. Elle connaît à peine Juliette qu'elle a croisée une ou deux fois avec moi. Pourtant, cinq minutes après, on s'engouffre à trois dans la salle de bains pour manger nos desserts au calme et, assises sur le bord de la baignoire, on écoute Victoire se confier :

— Le voisin du troisième, là, celui qui ressemble à Idris Elba jeune, c'est bizarre, je n'arrête pas de penser à lui. Ça vous est déjà arrivé ?

— T'es sérieuse ? demande Juliette.

— Pourquoi tu dis ça ? Oui, je suis sérieuse. Ce n'est pas normal.

— Victoire, bienvenue au club des amoureuses transies !

— Tu crois que je suis amoureuse de ce type ?

— Quelle plaie, hein ? réplique Juliette avant de croquer dans un macaron.

Vers 4 heures du matin, le salon s'est vidé, il ne reste plus qu'une dizaine de personnes. Markus nous propose un karaoké. J'adore ça, même si j'ai des goûts plutôt vintage. Je supplie Juliette de venir chanter avec moi *I Wanna Dance with Somebody*, mais c'est hyper dur et on massacre la chanson. On est vite remplacées par Victoire et Mirna, une superbe drag-queen, qui nous font une interprétation et une choré bien sexy de *Single Ladies*. Elles sont très applaudies. Comme je suis la plus motivée, je reviens au micro pour chanter *Eye of the Tiger* avec Markus. Nos deux voix ne s'accordent pas du tout et le résultat est très moche. Moi qui me croyais la reine du karaoké, je fais un second flop. Je laisse Markus clore la soirée avec un de ses compatriotes et ils nous interprètent un rap allemand pas mal du tout, là aussi, choré comprise. On hurle tous pour les encourager, ils sont en train de mettre le feu.

— Il est excellent, ce mec, dis-je à mon voisin en désignant l'ami de Markus.

Le garçon, un blond coiffé d'un canotier, tourne vers moi ses yeux bleus et me regarde, médusé.

— Mais c'est un rappeur hyper connu ! Cette chanson, elle a fait le buzz.

— Ah. D'accord. Désolée.

Mon voisin hausse les épaules et s'éloigne. Juliette me tire vers elle.

— T'inquiète, je ne le connaissais pas non plus.

La fête est finie. On aide Markus à ranger avant d'aller nous coucher. Il est plus de 6 heures du matin. La nouvelle année ne commence pas si mal.

Janvier

28

Juliette et moi, on se lève avant midi. On improvise un brunch et on soigne notre légère gueule de bois. Quelle surprise, Cyril n'a répondu à aucun des messages d'insulte de Juliette et elle est toujours au fond du trou. Je lui propose de passer la journée avec moi. On va rester en pyjama et regarder des films et des séries.

Pour une fois, je suis d'humeur à me gaver de vieilles comédies sentimentales où il n'y a aucun meurtre et toujours un happy end. J'ai un faible pour les anglaises, comme *Coup de foudre à Notting Hill* ou *Quatre Mariages et un enterrement*, parce que ma mère aimait beaucoup ces films et que, enfant, je les regardais avec elle. Mais Juliette trouve que j'ai des goûts archi ringue. Elle tient à revoir l'intégrale de la série *Girls*. Je ne suis pas sûre, dans mon souvenir, que ce soit très joyeux et que ça finisse très bien, mais aujourd'hui, je ne veux pas la contrarier.

— Tu sais, Juliette, dis-je entre deux épisodes, tu mérites d'être plus heureuse que tu ne l'as été avec Cyril.

— Mais j'étais heureuse.

— Tu ne supportais pas de le partager, de l'attendre tout le temps, d'être celle qu'on cache. Oui ou non ?

— D'être celle qui ne compte pas, surtout.

— Ah, tu vois bien.

— En fait, c'est très bizarre : depuis hier, je me sens désespérée mais en même temps j'ai l'impression qu'on m'a retiré un poids. Je ne sais pas comment t'expliquer…

— C'est parce que c'était une torture, cette relation.

— C'est vrai. J'avais toujours une petite douleur lancinante, tu vois ce que je veux dire ?

— Comme une angoisse permanente, c'est ça ?

Je pose ma main sur son épaule et la serre.

— Tu vas t'en remettre, et un jour tu réaliseras que tu as eu de la chance qu'il te quitte.

Je viens de prononcer la phrase de trop. Juliette éclate en sanglots. Je lui propose de regarder un truc plus léger.

En début de soirée, après le départ de Juliette, Lou sonne à la porte. La petite famille est de retour, et ses parents sont en train de monter les valises. La fouine vient m'annoncer qu'elle a fêté son anniversaire. Elle a eu neuf ans. Franchement, je lui en donnerais beaucoup plus.

Par la porte ouverte de leur appartement, j'entends Gabriel qui l'appelle. Sa jolie petite tête apparaît dans l'embrasure et il court se jeter dans les jambes de sa sœur en criant de joie.

— Oh mais quelle glu, celui-là, soupire Lou. Et te colle pas à moi, tu as de la morve partout. Berk, c'est dégoûtant.

— Loulou ! Loulou ! s'écrie Gabriel, que ces remarques n'atteignent absolument pas.

À cet instant, l'ascenseur s'arrête à notre étage et Charlotte en sort.

— Margaux ! Désolée, les petits sont venus t'embêter ?

— Pas de problème, je peux les garder chez moi le temps que vous montiez vos affaires. Et bonne année !

— Toi aussi ! Merci pour les enfants, alors. On n'en a plus pour longtemps. Lou, Gabriel, vous êtes sages, promis ?

— Tu poses sérieusement la question ? À Petit Asticot ? Comme dit mamie, l'espoir fait vivre.

Charlotte est repartie sans écouter la fin de la tirade de sa fille. Qui n'a pas tout à fait tort. Gabriel court partout, touche à tout, rit et parle sans arrêt. Morve au nez, il se jette sur mon lit et sur le canapé.

— Je t'avais prévenue, Margaux, il est im-possible, déclare Lou.

Enfin, Charlotte sonne pour venir les récupérer.

— Tiens, je t'ai rapporté ça, dit-elle en me tendant un pot de confiture. Lou l'a faite avec mon père, c'est à la poire.

— Merci, Charlotte ! Tu as le temps de t'asseoir une minute ?

— Et même cinq, mais pas plus, réplique-t-elle. Dis-moi, tu es encore en pyjama !

— Oui, je ne suis pas sortie, aujourd'hui. J'ai passé la journée devant des séries avec une copine.

Gabriel s'assoit sur les genoux de sa mère et cale sa tête dans le creux de son épaule, le pouce dans la bouche. Lou a disparu, mais je ne m'inquiète même plus de la savoir en train de fouiller chez moi. Je m'y suis habituée.

— Tu travailles demain ? me demande Charlotte.

— Non, je reprends dans deux jours. Et toi ?

— Là j'ai du taf pour quelque temps. Tu sais, je bosse en free-lance. Comme toi, finalement, non ?

— Tu fais quoi ?

— Je suis décoratrice et photographe dans un peu tout. Cinéma, événementiel… La semaine prochaine, je m'occupe de la déco pour une pub qui va être tournée chez un fleuriste. Et toi, ton cabinet, ça marche bien ?

— Bébés qui refusent de s'alimenter, insomniaques, stressés, sans compter ceux qui ont mal au dos, à l'estomac… Oui, ça ne désemplit pas.

— Je devrais t'envoyer Alexandre, on lui mène une vie d'enfer, dans sa boîte. Je ne sais pas comment il tient. Il réfléchit à passer comme moi en free-lance. Mais deux dans un couple, c'est risqué.

— Et sinon, il cherche ailleurs ?

— Oui, mais sans illusions. C'est partout pareil, non ?

— Je ne sais pas, je n'ai jamais travaillé dans une grosse boîte. Mais quand je vois l'état de certains de mes patients, je dirais que oui.

J'entends un léger ronflement. Gabriel s'est endormi.

— Ton fils dort déjà, on dirait. Qu'est-ce qu'il est mignon !

— Et moi, alors ? demande Lou qui apparaît sans prévenir à côté de moi.

— Toi, c'est différent, tu es une petite princesse, lui dis-je.

— Sûrement pas, je suis gothique.

— On y va, ma princesse gothique, intervient sa mère en se levant, son fils toujours assoupi dans ses bras.

Je me couche très tôt ce soir-là. La plupart des habitants de l'immeuble ne sont pas encore rentrés de vacances, comme Marc Marchand et le petit Louis, et je passe une nuit tranquille. Tout va s'arranger, j'en suis sûre, me dis-je en m'endormant.

29

L'année démarre sur les chapeaux de roues. Bientôt, le quartier retrouve son agitation : le satyre reprend du service, Mme Ménard hurle sur Teresa, qui fait tout pour m'éviter, et Marchand et son fils rentrent chez eux après dix jours d'absence. Mais toujours aucun signe de Perla.

La piscine rouvre après quinze jours de fermeture. Malheureusement, je n'y croise pas Mathieu, dont je surveille toujours les fenêtres. Parfois, je crois voir une ombre bouger et je me replie aussi vite que possible pour qu'il ne me surprenne pas en train de l'épier.

Au cabinet, nous sommes déjà débordés, et c'est tant mieux pour Juliette qui s'occupe ainsi l'esprit. Cyril n'a jamais répondu à ses messages, où elle lui demandait au moins des explications, au plus un au revoir franc et définitif.

Mercredi soir, je téléphone à Aurélien pour lui demander s'il a pu discuter avec Édouard.

— Ah, l'histoire du voisin ! Tu t'améliores, Margaux, tu as attendu une semaine entière avant de m'en reparler.

— Ouais, c'est ça, dis-je, agacée, et il reprend en faisant semblant de ne pas remarquer ma mauvaise humeur.

— Alors, sache que pour te faire plaisir j'ai scanné la photo et je l'ai envoyée à Édouard. Il a réagi comme moi. Il m'a confirmé que le petit jeune était bien un de nos stagiaires, mais il n'est pas resté en contact avec lui et ne se rappelle pas son nom. Margaux, je doute vraiment que ce soit ton voisin. Et ce n'est pas non plus mon vieux copain que tu as cru voir avec lui dans la rue l'autre jour, tu as dû confondre.

— Il ne chercherait pas à te cacher quelque chose ? je demande, déçue.

— Ne recommence pas.

— Excuse-moi. J'étais tellement persuadée d'avoir aperçu Édouard...

Il soupire, exaspéré.

— Bon, d'accord, dis-je. Peut-être que ces deux types sont passés très vite.

Je ne suis pas convaincue, mais je préfère éviter qu'il s'énerve encore contre moi. Soit je me suis réellement trompée, soit Édouard a menti. Même si je ne vois pas pourquoi il le ferait ni quel serait son intérêt. Et si je vais plus loin, Aurélien aussi pourrait être en train de me mentir. Pour couvrir Édouard ? Se couvrir lui-même ?

Stop, je délire. En fait, mis à part mon état mental, il est probable que tout aille pour le mieux dans le meilleur des mondes. Ou pas...

Jeudi, je finis de bonne heure. J'ai l'intention de prendre un bain, de me mettre en pyjama et de regarder un film en dînant. J'en ai marre de me prendre la tête puisque, de toute façon, je suis dans une impasse. Je devrais laisser tomber cette histoire de photo, d'Édouard et de Marchand, et me concentrer sur la disparition de Perla, ce qui en soit est déjà beaucoup.

Au deuxième, sur le palier de Victoire, quelqu'un a déposé un bouquet de lys blancs. Sur le mien, je découvre un beau bouquet de roses anciennes. Charlotte ? Elle devait travailler chez un fleuriste, cette semaine. Je sonne chez elle. Elle m'ouvre tout sourire, tenant Gabriel calé sur sa hanche.

— C'est toi qui m'as déposé ces superbes roses ? je lui demande.

— Oui ! On m'en a donné plein ! J'en ai distribué chez tous les gens de l'immeuble que j'aime bien. Il y en a chez Victoire, chez Jérôme et Markus et, bien sûr, Lou en a apporté à Alphonse et Rosa.

— Merci ! Et j'en profite pour ébouriffer les cheveux du beau gosse de l'immeuble, dis-je à Gabriel dont le sourire charmeur me fait fondre.

Ce soir-là, je fais un cauchemar. Je rêve que je suis dans mon lit, et que les Marchand se disputent en bousculant de nouveau leurs meubles. Ils crient. Les bruits sont de plus en plus forts et stridents. Et c'est là que je me réveille, affolée. Je tends l'oreille. Je n'ai pas rêvé, Marchand fait un bruit épouvantable. J'entends alors un éclat de voix. C'est une femme. Et elle ne crie pas, elle rit. Oui, une femme rit. Perla est revenue ?

Peu après, les bruits cessent. Ils ont dû s'endormir.

Est-ce possible que cette histoire touche à sa fin ? Avec un happy end ?

Le claquement sonore de la porte du dessus me fait sursauter. Sans réfléchir, je sors de sous ma couette et me précipite pour regarder à travers l'œilleton. L'ascenseur se met en branle. Merde, la personne qui est sortie ne passera pas devant ma porte. Je retourne dans ma chambre et consulte mon réveil. 6 heures ! Ils sont bien matinaux, les Marchand. Les volets résistent et je me bats pour les ouvrir. Je me penche au-dessus de la balustrade. Personne. J'arrive trop tard ? Je me penche un peu plus. Rien.

Et là, je comprends mon erreur. Celui qui est sorti est allé vers la gauche. En général, quand on quitte l'immeuble, on va toujours à droite, vers le métro et les commerces, pas vers la gauche en direction du parc. Quelle conne ! Je tourne vite la tête, mais le trottoir est vide. Tant pis, si Perla est de retour, je le saurai.

Alors que je quitte l'immeuble deux heures plus tard, je croise Mme Ménard et son gros rat. Il vient me renifler les jambes et j'ai la trouille qu'il me morde. La gardienne a une jupe bleu marine plissée bien ringarde qui lui descend à mi-mollet, des chaussures à talons lacées en cuir bleu marine et une mini-doudoune rouge qui jure carrément avec le reste.

— Mademoiselle Margaux, vous partez travailler ?

— Eh oui.

— Vous ne m'aurez jamais comme cliente, moi, je vous le dis. Je ne suis pas du genre à me plaindre pour le moindre bobo. Ni à aller me faire passer la main dans le dos aux frais de la société. J'ai pas que ça à faire, comme vous pouvez le voir. Quand je pense à tous ces bons à rien qui pillent la sécu. Vous voyez ce que je veux dire ?

— Ben…

— Au fond, je vous comprends, vous n'allez pas abonder dans mon sens, c'est votre gagne-pain.

Aïe, je crois qu'Elvis me mordille les chevilles. J'essaie de me dégager, il grogne légèrement.

— Sinon… Mme Marchand est revenue, on dirait ? Quelle bonne nouvelle ! dis-je.

La gardienne me fixe de son regard perçant.

— Je ne suis pas au courant.

— Je croyais l'avoir entendue, hier soir.

— Si je peux me permettre, vous feriez mieux de vous occuper de vos affaires. On a déjà le vieux cinglé qui fourre son nez partout, ça suffit.

— Vous savez bien qu'on entend tout, ici, je réponds sur la défensive.

— Entendre, écouter, ce n'est pas la même chose, pas vrai ?

Oh, quelle sale teigne. Je me venge discrètement en donnant un petit coup de pied à son chien, qui se met à japper.

— Elvis, assis ! gronde Mme Ménard.

— Faut lui filer du Xanax, à ce clebs !

Je lui tourne le dos et file.

Le lendemain soir, j'ai prévu de retrouver ma bande de potes dans le bar à bière, quai de Loire. Comme il me reste une heure avant notre rendez-vous, je monte écouter Victoire dans la chambre du sixième. Je lui fais un petit signe en entrant et m'assois dans un coin. Elle joue un morceau hyper triste et romantique qui me ferait presque chialer.

Une tête de chien apparaît sur le seuil. C'est Gordon, suivi par Guy, essoufflé, qui s'affale à côté de moi.

— Ah, c'est beau ! murmure-t-il.

Victoire achève son morceau et nous salue avant de lancer :

— Beethoven, *Symphonie n° 3* en mi bémol majeur, opus 55, *allegro con brio*, premier violon.

— Bravo ! Bravissimo ! s'écrie Guy en se levant de son siège.

Gordon, inquiet, aboie en fixant méchamment Victoire. Ce chien ne pige rien, même pas les émotions de son maître.

— Au fait, Guy, puisque vous êtes là, Margaux et moi on a trouvé quelque chose, l'autre jour.

Victoire fouille sur la tablette encombrée et saisit la petite boîte en fer.

— C'est à vous ? Ça vous rappelle quelque chose ? demande-t-elle.

— On l'a trouvée dans un coin de la cheminée, dis-je.

Guy ouvre la boîte et saisit tour à tour les petites voitures et les billes. Il semble ému.

— Je ne sais pas.

Il lève les yeux vers Victoire.

— En fait, non. Je ne pense pas que c'était à moi. La boîte était dans la cheminée, vous dites ?

— Oui, comme si quelqu'un voulait la cacher.

— Ça n'a pas de sens. Pourquoi cacher des jouets ? De toute façon, moi et mon petit frère, on n'avait pas le droit de venir ici à cause des rats. Et on avait trop la trouille de ces bestioles pour désobéir.

— Peut-être qu'un autre enfant de l'immeuble y traînait quand même ? suggère Victoire.

— Ce sont des petites voitures qui datent de votre enfance, non ? Mon père avait les mêmes.

Guy redresse la tête et me scrute. Je l'ai vexé ? Il pense que je le trouve vieux ?

— Il n'y avait pas de garçons de mon âge, dans l'immeuble, dit-il en continuant de me fixer.

Je comprends alors qu'il ne me regarde pas. Il est perdu dans ses pensées.

— Et c'était interdit de venir ici, répète-t-il.

À côté de lui, Victoire frissonne et serre son gilet sur sa poitrine.

On le laisse repartir avec la boîte.

— Pas de quoi se mettre dans cet état, quand même, dis-je.

— Je ne sais pas. C'est sinistre, ces jouets abandonnés dans cette petite chambre...

— N'exagère pas !

— Je t'assure, ça me ficherait presque la chair de poule. Enfin... Et toi, comment tu vas ?

— Bien, je crois. Tu viens avec moi sur les quais ? Je vais retrouver des potes.

— D'accord. Je n'ai rien de prévu, ce soir. Je me fais belle et je passe te chercher, OK ?

— Alors à toute !

Victoire sonne à ma porte une demi-heure plus tard. On prend les escaliers et, au moment où on arrive au troisième étage, la porte du beau voisin s'ouvre. Victoire lui fonce dessus.

— Merci pour les fleurs, Joshua ! Elles sont splendides.

Il n'a pas l'air de comprendre.

— Excuse-moi, de quoi tu parles ?

J'essaie d'intervenir pour éviter à Victoire de s'enfoncer encore plus, mais elle enchaîne :

— Les lys que tu as déposés sur mon palier ?

— Euh, non, ce n'est pas moi.

— Mais... mais...

— C'est Charlotte qui te les a offerts, dis-je dans un murmure.

— Charlotte ? Ah bon ? Mais pourquoi ?

Alors qu'à sa place je me serais sentie humiliée à vie, Victoire, en femme de scène, éclate d'un joli rire musical et balaye l'air de la main.

— Ah, c'est trop sympa !

À cet instant, une superbe jeune femme sort de chez Joshua et lui prend le bras. Je fais pareil avec celui de Victoire et la tire vers l'escalier.

— Alors à bientôt ! Bonne soirée ! je m'écrie.

On dévale les marches et on sort dans la rue.

— Oh la honte ! s'exclame Victoire, cramoisie. Franchement, Charlotte aurait pu me prévenir, laisser un mot, je ne sais pas. J'étais persuadée qu'il avait craqué sur moi !

— T'inquiète, c'est rien, dis-je (à sa place, je ne m'en remettrais jamais). Comme ça, au moins, il sait qu'il t'intéresse.

— Tu crois ?

— Carrément.

Février

30

Deux jours plus tard, je rentre chez moi à 23 heures après un cinéma avec Aurélien. Arrivée au troisième étage, j'aperçois une grande forme sombre. Et je pousse un cri.

C'est un corps. Étendu sur les marches. Sa tête, de profil, pend vers le bas de l'escalier.

Alphonse ! Son visage est exsangue, ses bras tendus, inertes devant lui. L'une de ses jambes est tordue dans un angle bizarre. Il y a du sang sur la marche où repose le haut de son crâne.

Je hurle et hurle encore, j'appelle à l'aide. Les portes s'ouvrent, des bruits de pas résonnent dans les étages. Joshua est le premier à me rejoindre.

— C'est bon, je suis médecin, annonce-t-il.

Il se baisse auprès d'Alphonse et place la main dans son cou.

— Il est mort.

Je me mets à hurler de plus belle. Guy arrive et pousse un juron. Il est suivi par Alexandre.

— Est-ce que l'un d'entre vous aurait un portable ? nous demande Joshua.

Je lui tends le mien, et je suppose qu'il appelle les pompiers.

— Un homme âgé est tombé dans l'escalier, explique-t-il à son interlocuteur. Il est mort. Je vous le confirme, je suis médecin.

— Je vais chercher un drap et prévenir Charlotte, annonce Alexandre.

Pendant que Joshua parle au téléphone et monte quelques marches pour obtenir un meilleur réseau, je reste avec Guy et la dépouille d'Alphonse. Je m'approche du corps, et son bras frôle ma jambe. Il a les yeux grands ouverts ; du sang, échappé de la tempe qui a heurté la marche, a taché le bois, et je me dis bêtement que Mme Ménard va être furieuse. Il porte son pyjama bleu pâle, celui avec une surpiqûre bleu marine. Son poignet glabre dépasse de la manche, son poing est serré. Quelque chose brille entre ses doigts. Je me penche. Alphonse tient encore la clé de chez lui. Chez qui essayait-il d'entrer ce soir ?

— Ça devait arriver, marmonne Guy. À force de traîner comme ça tout le temps. Pauvre vieux barjo, c'est moche, conclut-il en soupirant.

Mme Ménard surgit alors en robe de chambre. Elle est livide. Joshua, qui nous a rejoints, lui conseille de rentrer chez elle, ce qu'elle refuse de faire.

Élodie arrive enfin et se met à crier. Elle finit par se taire quand la gardienne lui secoue le bras et lui ordonne d'arrêter.

— Si vous vous étiez mieux occupée de lui, espèce d'incompétente, ça ne serait pas arrivé.

— Ça suffit, madame Ménard, ce n'est pas le moment, intervient Joshua.

La gardienne lui jette un regard noir et la ferme.

Joshua se tourne vers moi.

— Ramène Élodie chez Alphonse et reste avec elle en attendant qu'on s'occupe du corps.

Les hurlements des sirènes retentissent dans la rue. Les secours sont là.

J'emmène Élodie chez Alphonse et on s'assoit sur le canapé du salon. La pauvre pleure sans interruption sur mon épaule. Pendant ce temps, des voix d'hommes et des bruits sourds envahissent la cage d'escalier. Les heures qui s'écoulent semblent durer une éternité. Enfin, les sons s'éloignent, tout redevient silencieux, et Joshua sonne à la porte.

— Voilà, c'est terminé. Ils ont emmené Alphonse. Margaux, tu peux aller te coucher maintenant.

— Merci. Je ne crois pas que je vais pouvoir dormir.

— Essaie au moins de te reposer.

Je suis toujours en manteau et, malgré le chauffage poussé à fond chez Alphonse, je suis gelée. Il est près de 2 heures du matin quand je remonte péniblement chez moi.

Comme je le pressentais, je ne dors pas de la nuit. Ou, si je sombre un moment dans le sommeil, c'est pour rêver d'Alphonse, de son visage blafard et du sang sur la marche, une vision qui me réveille chaque fois en sursaut.

Épuisée, je me lève à 7 heures et avale un café bourré de sucre pour gagner un peu d'énergie. Je n'arrive pas à croire qu'Alphonse n'est plus là, que je ne le reverrai plus. De grosses larmes roulent sur mes joues et tombent dans mon bol. Comment va réagir Lou quand elle apprendra que son papi d'adoption est mort cette nuit ?

Quelques heures plus tard, Victoire et moi passons voir Élodie chez Alphonse. Elle est seule dans l'appartement pour tout remettre en ordre et elle a besoin de soutien.

Dans l'entrée, j'ai le cœur serré en voyant le pardessus, l'écharpe et la casquette d'Alphonse suspendus au portemanteau, comme s'il était encore là, prêt à sortir se promener au parc. Élodie, les yeux rougis, nous explique que le tuteur est en train de tout organiser, des funérailles à la succession. L'enterrement aura lieu la semaine suivante et, comme Alphonse n'a pas d'héritiers, sa fortune doit revenir à l'État.

— Et toi, Élodie, qu'est-ce que tu vas faire, maintenant ? lui dis-je.

— J'ai déjà une autre place qui m'attend. On ne chôme pas, dans ce métier...

— Rosa aussi ?

— Sûrement. On ne s'est pas encore parlé de la suite.

Victoire et moi, on fait nos adieux à ce lieu où on est venues si souvent. Je regarde une dernière fois le grand fauteuil d'Alphonse placé comme toujours devant la télévision et qui semble l'attendre. Dans sa chambre, les draps ont été retirés du lit, les couvertures pliées et posées au bout du matelas avec les oreillers. Les rideaux grands ouverts offrent une vue dégagée sur la cour de l'immeuble. Mais la lumière décline et on allume la lampe de chevet. Le bureau est impeccablement rangé, la tablette près du lit a été déblayée de tous les verres, mouchoirs, carnets et autre désordre du vieil homme.

— Et ses cahiers, sur lesquels il écrivait, tu en fais quoi ?

— Tu sais, à la fin, tout ce qu'il marquait là-dedans, c'était une suite de phrases sans aucun sens, ou de signes bizarres… J'ai tout mis dans des sacs, c'est au tuteur de décider. À mon avis, il jettera tout. Qui est-ce que ça peut intéresser ?

— Malheureusement, personne.

On dit au revoir à Élodie et on la laisse finir de ranger.

31

Le mardi suivant, Victoire et moi partons assister à l'enterrement d'Alphonse au cimetière de la Villette. Markus n'a pas pu prendre de jour de congé pour venir avec nous. Par contre, Jérôme et lui ont fait envoyer une superbe gerbe de fleurs. Et Charlotte et Alexandre se sont associés à eux. Mais en ce qui concerne le reste de l'immeuble, je crois que tout le monde est soulagé de ne plus avoir à supporter ses crises de folie et ses balades nocturnes. Moi je vais les regretter…

On aperçoit le corbillard qui stationne devant la grille. Rosa et Élodie attendent à côté. Des vieillards, ainsi que le couple de l'association, sont déjà là. Ils ne vont jamais le laisser en paix, ces deux-là ? Le tuteur, lui, n'a pas cru bon de se déplacer. Un rabbin est présent. Les employés des pompes funèbres sortent le cercueil du véhicule et nous les suivons dans les allées, jusque devant un caveau fraîchement ouvert. Alphonse va retrouver sa sœur Rebecca et de lointains aïeuls, mais aucun de ses parents ou grands-parents, disparus dans la grande faucheuse des camps nazis.

Avant la mise en terre, le rabbin chante la prière des morts. Debout, face à lui, nous nous recueillons. C'est si beau et triste que je laisse échapper mes larmes. Élodie éclate en sanglots, réconfortée par Rosa qui n'en mène pas large non plus. Victoire attrape mon bras, le serre contre elle et renifle bruyamment.

Une fois la petite cérémonie achevée, Rosa nous tend à chacune une rose du bouquet qu'elle a apporté puis, à l'exception des fossoyeurs, tout le monde quitte le cimetière. C'est fini. Alphonse, par ce dernier hommage, n'existe plus. Et qui à part nous, ses amis de l'immeuble, et peut-être Élodie et Rosa, pensera encore à lui dans quelque temps ? Un vieux fou sans famille. Qui ira se recueillir sur sa tombe ? Personne.

On s'engouffre toutes les quatre dans le premier café pour boire un thé. Les mains entourant nos tasses pour nous réchauffer, on reste silencieuses. Rosa est la première à parler.

— Il nous aura bien fait marrer, quand même, Alphonse, hein ?

On échange des regards avant d'éclater de rire.

— Je me rappelle le jour où j'ai appelé Victoire à l'aide, quand il était tombé pendant sa toilette et qu'il ne voulait plus bouger. La tête que tu as faite quand tu l'as découvert à poil dans le bac à douche ! Comment tu te tordais le cou pour ne pas voir tout son petit matos, le pauvre ! Lui, il s'en fichait complètement.

— Ah, c'était gênant ! Merci, Rosa !

— Je suis désolée, ce jour-là, je ne savais plus quoi faire.

— Sans vouloir en rajouter, moi aussi j'ai un souvenir à charge contre toi ! dis-je.

— Encore ! Mais qu'est-ce que j'ai fait ? demande Victoire.

— La fois où on était chez lui et qu'il hurlait des insultes avec ses yeux exorbités...

— Ouais ! La période où son infirmière était en burn-out, qu'est-ce qu'il était flippant !

— Ce jour-là, il criait sur je ne sais plus qui, ses Perses, ou Ménard, on ne comprenait rien, mais il était complètement terrifiant, et toi tu lui répétais : « Allez, dites-nous ce qui ne va pas. »

On est prises d'un fou rire nerveux qu'on a beaucoup de mal à maîtriser.

Une fois calmées, notre joie retombe. Élodie se racle la gorge.

— Je pense que Rosa sera de mon avis, surtout qu'elle a beaucoup plus d'expérience que moi...

— Merci de me le rappeler, dit Rosa, faussement indignée.

— Ce que je voulais dire, c'est que je n'ai jamais connu un immeuble comme le vôtre.

— Entièrement d'accord, affirme Rosa. La solidarité, les liens entre vous...

— C'est comme une grande famille, insiste Élodie.

— Oui, c'est vrai, dis-je. On ne s'y sent jamais seul. Il y aura toujours quelqu'un vers qui se tourner au moindre problème.

— Ou même pour passer un bon moment, poursuit Victoire.

Quand Victoire et moi on se sépare de Rosa et d'Élodie, on se promet toutes les quatre de se revoir, en sachant pourtant que la vie ne nous en laissera probablement pas l'occasion. Mais ça fait du bien, au fond, de formuler un souhait et de tenter d'y croire. Chacune part dans sa direction, pour suivre son nouveau chemin.

Victoire et moi rentrons à pied jusque chez nous. Elle me parle de Joshua, dont elle est toujours amoureuse mais qui a quelqu'un dans sa vie.

— S'il est pris aujourd'hui, est-ce qu'il le sera encore demain ? lui dis-je. Franchement, les couples qui tiennent, à part Jérôme et Markus, je ne vois pas.

— Je suis mal placée pour en parler. Dans le monde de la musique, si tu mets deux artistes ensemble, ils vont finir par entrer en compétition. Et ça ne tiendra pas.

Victoire reste silencieuse un moment puis elle me demande :

— Et toi, au fait, tu en es où avec Mathieu ?

— Oh. Lui. Aucune idée. Il pense que je ne suis pas prête pour une nouvelle histoire. Après tout ce que je lui ai fait, je le comprends. Mais il se trompe. Je suis vraiment amoureuse de lui.

— Tu veux que j'aille lui parler ? Ça pourrait aider ?

— Ah non, merci. J'ai déjà assez la honte comme ça.

— Ne laisse pas tomber, ce mec est fait pour toi.

— Tu crois ?

— Fais-moi confiance, je sens très bien ces choses-là. Demande à Jérôme. Dès que je l'ai vu avec Markus, j'ai su. Et pourtant, à ce moment-là de sa vie, personne ne pouvait imaginer Jérôme casé. Moi, j'ai compris tout de suite qu'il était foutu.

— Mais qu'est-ce que je peux faire ?

— Bouge-toi ! Appelle-le, va le voir, je ne sais pas, moi. Mais bouge. Et vite.

Je souris malgré moi et sens l'espoir revenir.

Dès que je pose un pied sur le palier du quatrième, Lou ouvre brusquement la porte et se précipite dans mes bras en éclatant en sanglots.

— Pourquoi tu m'as pas emmenée avec toi à l'enterrement ?

Je ne sais pas quoi dire. Son frère qui l'a suivie se jette contre son dos et s'accroche à son cou. Lou, coincée entre nous deux, ne tente même pas de se dégager.

— Loulou, pleure pas, lui glisse Gabriel à l'oreille, je te laisse monter dans la poussette, d'accord ?

Lou se retourne. J'ai peur qu'elle le repousse, mais elle le serre contre elle. Charlotte, qui découvre la scène, n'en revient pas. Elle attrape ses deux enfants par les épaules et les guide vers l'appartement. Elle m'adresse un léger hochement de tête avant de refermer la porte.

Les jours suivants, je me plonge dans le travail en essayant de ne pas trop penser à Alphonse. Je réfléchis aussi à une stratégie pour renouer avec Mathieu.

Jeudi soir, Markus vient sonner chez moi. Il part pour un long week-end chez sa sœur et son beau-frère en Allemagne. Jérôme, qui donne un concert dans la région, les rejoindra. Moi, je monterai nourrir Sigmund. Markus a l'air tellement heureux ! Il me serre contre lui, me recommande de prendre soin de moi puis il s'en va. Il me manque déjà. Heureusement, ce soir, Nicolas, Juliette et moi on se retrouve dans une pizzeria rue des Pyrénées.

On vient à peine de s'asseoir et Juliette m'annonce qu'elle a une info qui va me faire halluciner. Elle me tend son téléphone.

— C'est bien ton voisin, ce mec, non ?

— Marchand ! Mais d'où tu tiens cette photo ?

— Pour éviter Cyril, j'ai quitté Tinder. Je suis sur Happn.

— Bravo, Juliette, tu progresses !

— T'as vu. Et donc, je suis tombée sur le profil de ce gars et j'ai pensé qu'il me disait quelque chose. C'est bien lui qu'on a croisé chez toi ? C'est le couple qui se battait ?

— Oui, et c'est sa femme qui a disparu.

— En tout cas, il se sent libre et il cherche. Enfin, voilà, je t'ai fait une capture d'écran pour te le montrer.

— Merci, Juliette.

— Et c'est avec ce machin-là que tu comptes rencontrer un mec bien ? demande Nicolas, dubitatif.

— Arrête un peu, on dirait mon grand-père, réplique Juliette en lui tapant sur le bras. Grâce à ce machin, déjà, je m'amuse bien et j'oublie Cyril.

— Marchand, lui, il a oublié Perla, c'est clair. Maintenant, je comprends pourquoi il y avait une meuf l'autre soir dans son appartement.

Le lendemain, en rentrant, je découvre le couple de l'association en grande conversation avec Mme Ménard. Tous les trois s'interrompent à mon arrivée, puis la femme reprend :

— Eh bien, bonne continuation, madame, et merci pour votre aide.

L'homme et la femme soulèvent de lourds sacs Ikéa posés à leurs pieds et s'apprêtent à partir. Je baisse les yeux. Celui que tient la femme s'ouvre légèrement, et j'aperçois un pied de lampe que je reconnais. Avant que j'aie le temps d'y réfléchir, Mme Ménard me prend par le bras et me tire vers sa loge.

— Mademoiselle Margaux, je voulais vous demander, vous n'avez pas une fuite dans votre salle de bains ?

— Non, je ne crois pas.

— Votre voisin du dessous est venu se plaindre. C'est bizarre, vous ne trouvez pas ?

Pendant qu'elle me parle, le couple se dépêche d'ouvrir le battant de l'entrée et de sortir. Et là, je me souviens. Ce pied de lampe appartenait à Alphonse. La porte claque. Ils se sont sauvés. Et Mme Ménard continue son monologue. Elle le fait exprès, j'en suis certaine, elle les couvre. Je suis sûre qu'elle aussi s'est servie, parce qu'à tous les coups elle a gardé une clé de chez Alphonse.

— Dites donc, pourquoi ils avaient le pied de lampe de M. Zylberstein dans leur sac ?

— Mais enfin, mademoiselle Margaux, vous dites n'importe quoi ! Ils sortaient de chez moi, je leur ai donné mes vieux bibelots pour leur vente de charité. Vous n'avez pas honte ? Médire sur ces braves gens...

— Si vous le dites. Mais moi je sais ce que j'ai vu.

Ce soir-là, je pars nager. Je suis folle de rage. Même si Alphonse n'avait pas d'héritiers, c'est dégueulasse. Alors que je nage le crawl, mes bras et mes pieds frappent l'eau furieusement. Quand je quitte le bassin après quarante-cinq minutes de nage hystérique, mes jambes flageolent, je suis en sueur. Mais est-ce que je suis la seule à voir toute cette laideur ?

32

Samedi. Je vais chez Aurélien pour notre petit déjeuner. Je lui trouve l'air fatigué et contrarié, aujourd'hui.

— Ça ne va pas, tonton ?

— Si, si, tout va bien. Allons manger.

— J'arrive, je vais me laver les mains.

Dans la salle de bains, je regarde autour de moi : chaque surface est d'une propreté impeccable, chaque objet est soigneusement aligné. Sous le lavabo, l'un des deux tiroirs du meuble est ouvert. C'était le mien quand je vivais ici. J'y rangeais tout mon bric-à-brac d'adolescente. Je me sèche les mains et le tire. Des barrettes, des chouchous, une brosse, un peu de maquillage. Mais ces objets ne m'appartiennent pas. Ne m'ont jamais appartenu… Aurélien a quelqu'un ? Et il ne m'en a pas parlé ? Une femme jeune, vu ce genre d'accessoires.

Troublée, je le rejoins dans la cuisine. Est-ce que je peux me permettre de lui poser la question s'il ne m'a rien dit ? De toute façon, je suis incapable de me retenir.

— C'est à qui, ces trucs de fille, dans mon ancien tiroir de la salle de bains ? Tu as une copine ? Pourquoi tu ne me l'as pas présentée ? C'est sérieux, entre vous ?

Aurélien pâlit.

— Margaux..., commence-t-il, gêné, puis il se tait.

— Quoi ?

— Je ne comptais pas t'en parler maintenant, je suis désolé.

— Mais de quoi ? Qu'est-ce qu'il y a ?

Mon oncle soupire, triture ses mains. Non mais il va cracher le morceau, maintenant ?

— Eh bien, voilà : c'est à Perla.

— Hein ? C'est une blague ?

Je regarde cet homme qui est l'être en qui j'ai le plus confiance au monde, qui est mon repère, mon équilibre. Et là...

— Je ne comprends plus rien.

— Viens, assieds-toi, je vais tout t'expliquer, me dit-il en me guidant vers une chaise.

Il en rapproche une autre, s'assoit aussi et me prend la main.

— Finalement, c'est mieux comme ça. Je n'en pouvais plus de te cacher la vérité. Parce que j'avoue, je t'ai menti.

Je n'ai rien à lui répondre. Je l'observe, en panique, m'attendant au pire.

— C'était pour te protéger, et pour la protéger, elle aussi.

— Perla ?

— Oui. Tu avais raison, son mari connaît Édouard. Ne fais pas cette tête, je l'ai appris tout récemment. Après l'Ukraine, ils sont restés en contact. Si j'ai bien compris, Marchand a continué de partir là-bas en mission. Et c'est comme ça qu'il a rencontré Perla. Il l'a ramenée à Paris avec lui. Et quand son visa a expiré, il est allé trouver Édouard. Et lui, il a tout arrangé grâce à sa position à la préfecture pour qu'ils puissent se marier.

— Mais pourquoi ?

— Par amitié, tout simplement.

— Un sacré gage d'amitié, quand même ! Trafiquer les dossiers d'une femme sans papiers... Pourquoi Édouard aurait pris un tel risque pour un ancien stagiaire d'il y a vingt ans ? Ça ne lui ressemble pas du tout !

— Eh bien, tu te trompes. Il n'a rien trafiqué du tout. Le couple était fou amoureux, Édouard a été touché par leur histoire. D'après lui, il s'est contenté de faire passer leur demande sur le haut de la pile.

Je doute que ce soit si simple. Et qu'Édouard soit quelqu'un d'altruiste. Mais je n'insiste pas, il y a d'autres points que j'aimerais éclaircir.

— Et que font ses affaires chez toi, alors ?

— C'est une longue histoire. Quand tu as insisté pour que j'aille parler à Édouard, je l'ai fait. À ce moment-là, il a tout nié. Et puis il y a un peu plus d'une semaine, il est venu me voir. Il voulait que j'héberge une amie à lui pendant quelques jours. Quand j'ai vu cette jeune femme ukrainienne qui avait l'air terrorisée, ça m'a fait réfléchir. J'ai pensé à tout ce que tu m'avais raconté – même si, je dois l'admettre, je croyais que tu nageais en plein délire. J'ai donc demandé des explications à Édouard, il a fini par tout avouer.

« Comme tu l'avais compris, Marchand s'est vite révélé un mari violent. Et Perla, ne connaissant qu'Édouard à Paris, est allée le supplier de l'aider. Vu ce qu'il a fait pour le couple, cette histoire le met aujourd'hui dans l'embarras. Et à cause de ses fonctions, il ne peut pas la garder éternellement chez lui.

« J'ai accepté d'accueillir Perla ici puisque, grâce à toi, je savais ce qu'elle traversait. Mais je ne voulais pas que tu sois au courant. Pour ta sécurité et celle de Perla. Qui sait ce dont son mari est capable ? Et si Édouard se retrouvait en difficulté, je préférais que tu ne sois pas mêlée à tout ça, tu comprends ?

Muette de stupeur, je hoche la tête. Mais je réfléchis à toute allure.

— Si, Perla connaît quelqu'un d'autre, à Paris. Teresa, la domestique slave, ou plutôt l'esclave, de Mme Ménard. Et ce n'est pas une histoire d'amour qui a motivé sa venue à Paris. Alors elle aussi, tu crois, elle reste ici grâce à Édouard ?

— Mais non, enfin ! Qu'est-ce que tu vas chercher ?

— Excuse-moi, mais tu ne m'as pas dit qu'il connaissait la gardienne ?

— Oui, bien sûr, c'est moi qui les ai présentés. Édouard lui a aussi rendu service. Mais il n'y a aucune raison pour qu'ils aient gardé contact.

— Et où est Perla, en ce moment ?

— Elle navigue entre chez moi et chez lui. Moi qui faisais tout pour que tu ne te doutes de rien, je ne m'attendais pas à ce que tu fouilles dans mes tiroirs.

— Ah, si tu savais, dis-je en repensant à ma visite dans l'appartement des Marchand.

— Pardon ?

— Rien, rien... Et qu'est-ce qu'il va se passer, maintenant ?

— Édouard s'est engagé à l'aider à récupérer son fils.

— Eh bien, quel dévouement !

— S'il te plaît, arrête ce ton ironique et fais-lui un peu confiance, pour une fois. Je te le promets, ça va s'arranger.

Quand je quitte mon oncle, je suis encore sous le choc et très partagée. Une partie de moi a envie de le croire tandis que l'autre se méfie tellement d'Édouard... Mais j'ai au moins une certitude, c'est que Perla va bien et qu'Aurélien veillera à ce qu'elle retrouve son bébé. Mais que va-t-il se passer pour Marc Marchand ? Est-ce qu'il sera accusé de violences conjugales ? Envoyé en prison ?

Le soir, en rentrant chez moi, j'aperçois Teresa dans la cour. Elle est en train de passer les dalles au jet. Sans réfléchir, je vais la voir. Est-ce qu'elle sait que Perla est en sécurité ? Sont-elles en contact ? Lui donne-t-elle des nouvelles de son fils ? J'ai trop de questions à lui poser.

— Teresa, bonjour ! Il faut que je vous parle, lui dis-je d'une voix joyeuse. Je ne sais pas si vous êtes au courant, pour Perla ?

Le visage fermé, elle recule mais, dans mon enthousiasme, je ne fais pas gaffe.

— Elle va bien !

Elle tourne alors les yeux vers la façade de l'immeuble d'un air affolé. Je regarde dans la même direction. C'est l'appartement des Marchand. On dirait qu'il y a une ombre derrière la vitre. Je sursaute.

— Taisez-vous, s'il vous plaît, murmure-t-elle. Et partez. Laissez-moi tranquille, je vous supplie.

— Je voulais que vous sachiez…

Teresa brandit le jet et le dirige sur moi.

Je lève les mains et recule vers la porte.

— OK, je m'en vais.

Pauvre Teresa. Elle a l'air complètement paniquée. Elle aussi, elle mérite un coup de main. J'en parlerai à Aurélien, il saura quoi faire.

Je glisse la clé dans la serrure quand des pas saccadés résonnent au-dessus de moi. Une silhouette en contre-jour apparaît en haut de l'escalier. Marc Marchand. Tout d'un coup, je suis paralysée de peur. Il finit de descendre les dernières marches qui nous séparent et se précipite sur moi.

33

— On va avoir une petite discussion, tous les deux, dit-il en me poussant dans l'appartement.

Une de ses mains enserre mon bras, pendant que l'autre ferme la porte sans bruit. Marchand a l'air furieux et il me fait mal. Je suis tellement terrorisée que je ne pense même pas à crier. D'ailleurs, j'en serais incapable, je n'arrive plus à respirer.

Marchand regarde autour de lui et aperçoit la chambre d'amis.

— Tu vas arrêter de fourrer ton nez partout ?

Il emprisonne mes deux bras et me secoue violemment.

— Qu'est-ce que tu lui voulais, à Teresa ? Allez, viens par ici, continue-t-il en me tirant vers la chambre.

Ma frayeur décuple. Pourquoi cette pièce ? À cause du lit ? Il va me violer ?

Instinctivement, je lâche un cri qui ressemble plus à un râle.

— Tais-toi, connasse ! crie-t-il, et il me balance une gifle qui me projette sur le lit.

Je suis sonnée. Mais il faut que j'arrive à m'enfuir. Je rampe sur le matelas et bascule par terre en m'affalant lourdement sur le parquet, vers la fenêtre. Je tente alors de me redresser. Marchand hurle toujours en s'avançant vers moi. Je suis acculée.

— T'as pas arrêté de poser des questions, de tourner autour de ma Perla, qu'est-ce que tu lui as mis dans la tête ? Où elle est ?

Mes jambes flageolent et, quand je veux me retenir de tomber avec les bras, ils ne m'obéissent plus. Pire, je ne les sens plus.

— Et tu remets ça avec Teresa ? Qu'est-ce que tu cherches, sale pute ?

Il s'approche dangereusement de moi. J'ai peur qu'il me tabasse.

Brusquement, un écran noir envahit ma vision. Je m'effondre.

Un bruit. Un chuchotement. Quelqu'un appelle mon nom…

— Margaux ! Oh, Margaux ! Réveille-toi.

Je suis tirée de mon évanouissement par des claques de plus en plus fortes. Je me débats faiblement. Marchand me frappe encore. Il veut me tuer !

Cette voix… J'entrouvre les yeux. Mathieu ?

Son visage est tout près du mien.

— Enfin ! Te revoilà parmi nous. Ça va ? demande-t-il d'un air inquiet. Oh, Margaux...

Il se penche davantage et j'ai l'impression folle qu'il va m'embrasser.

— Alors, elle se réveille, la petite ? demande une voix masculine derrière moi.

Mathieu recule et Guy apparaît.

— Eh, mon gars, c'est toi qui lui as fait cette grosse marque rouge, sur la joue ? Fallait pas taper si fort.

— Non, c'est l'autre brute. J'ai tout vu.

— Où est-il ? dis-je en me redressant, terrifiée.

— Il était déjà parti quand on est arrivés.

Je reprends doucement mes esprits. Ma joue me brûle, mais je n'ai aucune autre blessure.

— Qu'est-ce que tu fais là ? dis-je à Mathieu.

— Je... euh... regardais par la fenêtre et je t'ai aperçue. Et puis j'ai vu ce type qui se jetait sur toi. Je me suis précipité. Heureusement, je suis tombé sur ce monsieur dans l'entrée de l'immeuble...

— Ouais, j'étais avec Mme Ménard. Il nous a tout expliqué, alors la gardienne nous a donné la clé, et nous deux on est montés.

— La porte était fermée, reprend Mathieu, mais tu étais seule à l'intérieur.

À cet instant, Mme Ménard, suivie de deux gendarmes, entre dans la pièce.

— C'est ici, messieurs les agents, déclare-t-elle d'un ton solennel.

— C'est Marc Marchand qui m'a agressée, dis-je.

Dès lors, les choses vont très vite. Les policiers montent chez mon voisin, l'y trouvent et, malgré ses protestations – il jure qu'il n'a rien fait –, l'embarquent. Louis est emmené par une policière. Quant à moi, je suis conduite à l'hôpital pour des examens avant d'aller porter plainte contre mon voisin. Mathieu m'accompagne. Lui aussi témoigne de ce qu'il a aperçu par la fenêtre.

— Quelle chance que tu aies été chez toi et que tu m'aies vue, lui dis-je quand, de retour chez moi, on s'installe sur le canapé, devant un verre.

— Tu m'étonnes ! répond-il.

Il me regarde alors d'un air gêné.

— En fait, il faut que je t'avoue un truc : depuis notre dernier rendez-vous, j'étais paumé. Je me disais que je devais couper définitivement les ponts avec toi mais, dès que j'y pensais, je savais que ce n'était pas ce que je voulais. Et je t'ai un peu espionnée par la fenêtre. Désolé, ça craint…

— Pas du tout, c'est trop mignon !

— Tu m'as manqué, dit-il avant de m'embrasser.

Évidemment, dès que les choses deviennent intéressantes, quelqu'un sonne. J'ouvre la porte et Victoire se jette dans mes bras.

— Je n'arrive pas à le croire ! Tu t'es fait agresser ! Ma pauvre chérie !

— Et pourtant, c'est toi qui avais raison, dis-je à Victoire. Tu as toujours dit que Marchand était un psychopathe.

— Je blaguais. C'est toi qui avais tout compris. Et tu sais quoi ? Teresa a disparu. J'ai trouvé la porte de sa chambre grande ouverte et il n'y a plus rien dedans. Elle est partie avec toutes ses affaires. J'en ai parlé à Mme Ménard, elle dit qu'elle ne comprend pas, qu'elle n'est au courant de rien.

— Je le savais. Tout est lié, et c'est Édouard qui est derrière tout ça.

— Margaux, tu te sens bien ? demande Victoire, inquiète.

Puis elle se tourne vers Mathieu d'un air interrogateur.

— C'est qui, Édouard ?

Mathieu écarte les bras en signe d'incompréhension.

— C'est un vieux copain de mon oncle qui travaille à la préfecture, leur dis-je. Aurélien est persuadé que c'est un philanthrope, moi je pense qu'il fait du trafic humain. Et que Mme Ménard a profité de la situation. De toute façon, tout sera étouffé, et Édouard s'en sortira indemne. Marchand ne parlera pas, ça aggraverait son cas. Ce sont toujours les pires qui s'en sortent.

Je me rends compte que je parle toute seule, et que Victoire et Mathieu sont complètement largués. Je me demande quand même ce qu'il est advenu de Teresa. J'espère qu'elle est en sécurité quelque part et, surtout, qu'elle est libre.

Après le départ de Victoire, Mathieu m'annonce qu'il compte rester toute la nuit avec moi. Enfin, c'est le grand moment de nos retrouvailles, aucun obstacle ne peut nous les gâcher.

En fait, si : il reste un point à élucider.

— Une dernière chose, pour qu'on soit bien clairs : c'était qui, la belle brune, chez toi l'autre soir ?

— Je suis sûr que tu vas l'adorer. C'est Nora, ma demi-sœur. Elle vit à Londres et je l'héberge de temps en temps. C'est bon ? Je peux rester ?

Épilogue

Mars

Samedi matin, avant 10 heures, Mathieu et moi, on retrouve Alexandre et Lou qui patientent sur le trottoir de la rue Pailleron. La fouine a glissé une main dans celle de son père et tient des sachets en papier remplis de confettis dans l'autre. Des bruits de tambour résonnent un peu plus loin, vers l'école maternelle Jean-Menans : un vacarme qui gronde et s'amplifie, accompagné de cris de joie. Le début du cortège apparaît à l'angle de la rue et se dirige vers nous. En tête avance le directeur. Revêtu d'une peau de léopard qui lui couvre la tête et retombe jusqu'à l'arrière de ses jambes, il frappe un énorme tambour. Derrière lui, un orchestre de batucada avance en tapant en rythme, suivi par les enfants de l'école. Tous sont déguisés pour le carnaval : en fleurs, en animaux, en locomotives ou en fées… Les visages sont barbouillés de maquillage, les têtes ceintes de couronnes ou de diadèmes multicolores. Les petits bras se lèvent et jettent des confettis, les visages rayonnent de bonheur. Les parents, tout sourire, marchent avec eux.

— Quels bébés, hein ? me glisse Lou à l'oreille. Ridicule.

Enfin, on aperçoit Gabriel et Charlotte. Le petit garçon s'est confectionné un costume de poisson aux écailles bleues et argentées : deux panneaux ovales en carton qui descendent jusqu'aux pieds et forment le corps de l'animal. Une couronne de la même couleur lui tombe légèrement sur les yeux. Il secoue deux petites maracas et avance fièrement. Charlotte, hilare, lance des pastilles colorées autour d'elle.

— Gaby ! s'écrie Lou.

Le petit garçon tourne la tête et aperçoit sa sœur. Échappant à Charlotte, il court et se jette sur elle en lui entourant les jambes.

— Loulou, j'ai des bonbons pour toi aussi !

Puis il lui prend la main et la tire vers le cortège.

— Allez viens, viens !

Lou se laisse conduire en retenant un sourire. Alexandre, Mathieu et moi on les regarde se fondre dans la foule. Alors que mon amoureux me serre contre lui, j'observe Lou envoyer des confettis sur son frère et danser au rythme des tambours.

Mon journal

On a trouvé des cahiers et des livres dans une vieille valise. Plein de livres. Et puis des crayons. C'était comme un trésor. On dessine mais on sait pas dessiner. Sinon on lit. Et on joue. Mais quand on joue, on a peur de faire trop de bruit. Parce que quand on fait trop de bruit, il vient. Ou elle. Et comme ils doivent pas faire de bruit eux aussi, ils nous attrapent et ils nous secouent très fort. Ou ils nous tapent. Des gifles. Des coups de pied. Ça fait mal et ça fait peur à la fois. Sinon ils disent qu'on aura pas notre dîner. Je m'en fous, c'est dégueulasse. La nuit, quand on s'allonge par terre, on regarde par la fenêtre qui est dans le toit.

Quand y a pas trop de nuages, on voit les étoiles. Et puis la lune. Ça fait rêver d'aventures. Des fois ça me rend heureux, mais des fois ça me rend triste et je pleure. J'ai envie de sortir pour être dans la nuit, pour regarder les étoiles de dehors, et pas à travers ce tout petit carreau tout sale. Je me demande si je pourrais scier le cadenas qui la bloque. Mais avec quoi ? On va essayer de trouver quelque chose. Mais là il faudra vraiment pas faire de bruit parce que si ils découvrent ce qu'on essaie de faire… Je préfère pas imaginer.

Remerciements

Je tiens à remercier toutes les personnes qui ont bien voulu répondre à mes questions sur leurs métiers ou sur leurs expériences personnelles : Alice Delahaye, chiropractrice, qui m'a parlé avec tant de passion et d'humanité de son métier ; Ariane et Manuelle pour leurs conseils et pour le partage de leurs expériences.

Merci à Bénédicte Lombardo : tu sais pourquoi !

Merci à Niamey et à Lina : Lou a tout appris de vous !

Merci aux habitants de l'immeuble de la rue Cavendish qui m'ont donné l'idée de ce livre, et en souvenir de Jean, ce drôle de père Noël qui nous a quittés.

Et bien sûr, merci à la formidable équipe des Escales, en particulier Sarah, Ambre, Marguerite et Anne, pour tout le reste !

Dernières parutions
Les Escales séries

Caroline Kant

L'Immeuble de la rue Cavendish
1. Les Manigances de Margaux
2. Charlotte se cherche

Lynn Messina

Une enquête de Beatrice Hyde-Clare
1. Une insolente curiosité
2. Une scandaleuse supercherie

Pour en savoir plus sur l'actualité des Escales,
vous pouvez consulter notre site Internet
www.lesescales.fr
et nous suivre sur les réseaux sociaux

Editions Les Escales

@LesEscales

@LesEscales

MIXTE
Papier issu de
sources responsables
FSC® C003309
FSC
www.fsc.org

L'éditeur de cet ouvrage s'engage dans une démarche
de certification FSC® qui contribue à la préservation
des forêts pour les générations futures.

Pour en savoir plus :
www.editis.com/engagement-rse/

Achevé d'imprimer par
Normandie Roto Impression s.a.s.
N° d'impression : 2201240
Imprimé en France